ATTENTION !

Afin de respecter l'œuvre et son auteur, ce volume est présenté dans son sens de lecture original. Vous êtes ici à la fin du volume. Commencez par la dernière page et lisez les bulles de droite à gauche.

Scénario & dessin
Aya Oda

Traduction
Cécile Mahon

Lettrage
Lara Iacucci

Directeur de l'édition française
ALAIN GUERRINI
Comité de direction
A. GUERRINI
A. DENECHERE
S. DALLAIN
Directeur délégué
SÉBASTIEN DALLAIN
Directeur éditorial européen
MARCO M. LUPOI
Rédacteur en chef
WALTER DE MARCHI
Responsable marketing opérationnel
MARJORIE TODRANI
Chef des ventes
BENOÎT FRAPPAT
Coordinatrice commerciale
LYDIE PHAM
Contrôleur de gestion
GRÉGORY PELUSO
Relations presse
FHCOM
Coordinateurs éditoriaux
MATTEO LOSSO, ANNA RODELLA
Supervision
LAETITIA SAMMARTINO
Rédacteur
MATTHIAS DAGORNE
Directeur artistique
MARIO CORTICELLI
Conceptrice graphique
SABRINA PIU
Maquettiste
ALESSANDRA LUGLI
Responsable production
ALESSANDRO NALLI
Avec la collaboration de **J. BAGLIO, S. CONY, A. JODKOWSKI, MPG, V. PARRA, S. VAUBOIS**
et de toute l'équipe de Panini.

BEAUTY 3
ISBN : 978-2-8094-0393-0

Un ouvrage PANINI MANGA / PANINI FRANCE S.A.

Commercialisation et relations média :
PANINI FRANCE S.A.
Z.I. SECTEUR D - B.P. 62
06702 SAINT-LAURENT-DU-VAR CEDEX
www.paninicomics.fr
presse-bd@panini.fr
Tél. 04 92 12 57 57
Fax 04 92 12 57 58

Impression : LITO 3 Arti Grafiche s.r.l., Pioltello (MI). Imprimé en Italie / Printed in Italy.

LES PETITS PLAISIRS DU PRÉSIDENT - FIN
LES PRÉCÉDENTES HISTOIRES COURTES DE AYA ODA SONT DANS SES AUTRES MANGA.
À VOUS DE LES TROUVER !

C'EST "VICE-PRÉSIDENT".
OUI, OUI !
EMMERDEUR, TOI AUSSI.
TAP
TANT QUE TU ES "PRÉSIDENT"...
HA !
EH ?
COMMENT ?
OH, MES LUNETTES !
BATAM !
?
JE LES AI...
JE DEVIENS NÉGLIGENT ! JE DOIS TOUJOURS LES PORTER AU LYCÉE !!
SINON MON REGARD ME TRAHIT...

LÀ IL SOURIT.
IL ME FAIT PENSER À TOI, AUTREFOIS.
HGIN, RENJI LE MALFAISANT ?
PARDON ?!
NE ME COMPARE PAS À CE MALADE !
AH... TU N'AS PAS ENCORE COMPRIS...
TAP TAP TAP
BATAM
POURQUOI TU AS EFFACÉ NOTRE ŒUVRE D'ART DANS LE JARDIN !?
ON AVAIT OBTENU UN BEAU RÉSULTAT EN PLUS !
C'ÉTAIT UNE SUPERBE RÉALISATION POUR LE CLUB !!
LE VOILÀ...
OUI, OUI, DÉSOLÉ.
TCHIN
... POURQUOI ?!
MAIS...
EMMERDEUR...
BON, J'Y VAIS.
JE TE LAISSE FINIR, MIDORI-CHAN.

HI HI.
JE BLAGUE.
GNIII
LARGE SOURIRE. (ENFIN, IL ESSAYE.)
QUAND TU SOURIS, TU FAIS PEUR...
ARRÊTE...
NE T'INQUIÈTE PAS, JE NE VAIS PAS TE GÂCHER CES PETITS PLAISIRS.
PLAISIRS !? QUELS PLAISIRS !?
J'ARRÊTE DÈS QUE JE PEUX !!
HUM...
IL Y A JUSTE UN TRUC QUI ME CHIFFONNE.
MAKOTO, MUTSU ET YÔ...
... ME CACHENT QUELQUE CHOSE.
YÔ FAIT SEMBLANT D'ÊTRE INSOUCIANT, MAIS...
HÉ HÉ HÉ HÉ HÉ HÉ HÉ HÉ HÉ.
GNIII
TU FAIS PEUR, J'TE DIS ! KESSIYA !

MIDORI-CHAN ÉTAIT LE BRAS DROIT DE KAZAMA...
... ET SON MEILLEUR AMI.
TOUT ÇA, C'EST DE TA FAUTE.
C'EST TOI QUI LES AS PROVOQUÉS...
JE SAIS.
MAIS JE NE LES SUPPORTE PLUS.
チャッ
TCHI...
ET ÇA TERNIT MA RÉPUTATION.
BON... TU VEUX QUE JE PRENNE TA PLACE ?
OUI !?
IL Y A BEAUCOUP DE TRAVAIL POUR LE COMITÉ...
... ET S'IL FAUT JUSTE LES SURVEILLER, JE PEUX LE FAIRE.
EUH ...
C'EST... OUI...
MAIS...
GROMMELLE GROMMELLE

IL ÉTAIT ENTRÉ AU CLUB DE LA BEAUTÉ.
CERCLES DE CULTURE.
LE CLUB DE LA BEAUTÉ TRACE DES CERCLES DE CULTURE DANS LE JARDIN DU LYCÉE !
ドキッ
GAAH !?
OUI !
TOUT DE SUITE !
JE LES ARRÊTE !!
OFFICIELLEMENT IL Y EST ENTRÉ POUR LE SURVEILLER...
... MAIS RIEN NE SE PASSAIT COMME PRÉVU.
会長室*
*COMITÉ
AAH...
J'EN AI MARRE, JE VEUX ARRÊTER.
は
PFF
TOUT ÇA C'EST DE TA FAUTE, MIDORI-CHAN.
JE T'EN VEUX...
C'EST "VICE-PRÉSIDENT".

HISTOIRE COURTE - 10
LES PETITS PLAISIRS DU PRÉSIDENT
RENJI KAZAMA, LE PRÉSIDENT DU COMITÉ DES ÉLÈVES...
... EST UN MANIPULATEUR SOURNOIS. MAIS IL SAIT SE RENDRE POPULAIRE. ☆
TIENS, LE PRÉSIDENT. BYE !
BYE ! À DEMAIN !
PRÉSIDENT !
SALUT.
KUROI, T'AS MATCH CE SOIR ? BONNE CHANCE !
MERCI, PRÉSIDENT !
GNIARK GNIARK GNIARK
BANDE D'IDIOTS ! JE VOUS BERNE TOUS !
AH, C'EST LE PIED !
IL MENAIT UNE VIE PARFAITE, MAIS...
... UNE TACHE LA SOUILLE DÉSORMAIS.
TAP TAP TAP
PRÉSIDENT !
OUI ? QUOI ?
HÉ HÉ

VOILÀ, C'EST LA FIN DE CE VOLUME 3.
MERCI DE L'AVOIR LU JUSQU'ICI !
COMME D'HABITUDE, TOUTE MA GRATITUDE À MES ASSISTANTES ! MERCI ÉGALEMENT À TOUTES LES PERSONNES QUI ONT TRAVAILLÉ À LA RÉALISATION DE CE LIVRE, À COMMENCER PAR MON ÉDITEUR. MERCI À MES AMIS, TOUJOURS LÀ POUR ME CHANGER LES IDÉES ! MERCI À MA FAMILLE, QUI M'A TOUJOURS SOUTENUE ET GRÂCE À QUI JE SUIS DEVENUE UN ÊTRE HUMAIN CORRECT. ET PAR-DESSUS TOUT, MERCI DU FOND DU CŒUR À MES LECTEURS !!
LES AMOURS DE MAKOTO VONT ENCORE CONNAÎTRE BIEN DES REBONDISSEMENTS, ALORS J'ESPÈRE QUE VOUS LIREZ AUSSI LA SUITE ! ♡
À BIENTÔT, DANS LE VOLUME 4 !

BYE-BYE ! ADA OYA, LE 1ER MARS 2005

MADEMOISELLE MENTEUSE - FIN - PREMIÈRE PARUTION AU JAPON LE 15 JUIN 2004

GAH !!
SACHI, T'ES TROP FAMILIER, LÀ...
OH LÀ LÀ, LE JEUNES DE NOS JOURS DISENT N'IMPORTE QUOI...
ENFIN, BON, VOILÀ !
DÉSOLÉ. PROMIS, JE NE SORS PLUS LE SOIR !
JURÉ ! JE MENS PAS !
VRAIMENT ?
VRAIMENT ?
HOP
ALORS DONNEZ-MOI UNE AUTRE CHANCE !

SMOCK
ちゅ
SI TU VEUX T'ENTRAÎNER, FAIS-LE AVEC MOI !
WAH !
わあ！

… DE L'AVOIR RENCONTRÉ…
… ET D'ÊTRE TOMBÉE AMOUREUSE…
MAIS, TOUT DE MÊME …
ÇA M'A FAIT MAL !!
… VOUS TROUVER À L'HÔTEL AVEC UN AUTRE, ÇA M'A VRAIMENT GONFLÉ !!
!!
C… C'ÉTAIT… EUH…
J'AI BIEN COMPRIS POURQUOI. C'EST POUR ÇA QUE J'AI ENVOYÉ UN COPAIN T'INTERCEPTER !
ET TU AS ENCORE TENTÉ DE ME MENTIR. TU NE ME FAIS PAS CONFIANCE, HEIN ?!
OH LÀ LÀ
ガーン…
IL A COMPRIS…
MÊME SI JE SAIS QUE TU N'AS RIEN FAIT, ÇA ME GONFLE !
DONC…
IL AVAIT TOUT PRÉVU…

ALLONS ...
JE L'AI TOUJOURS SU...
... ALORS JE NE ME SUIS PAS SENTI MANIPULÉ !
ET PUIS...
... JE SAIS QUE VOS SENTIMENTS SONT VRAIS !
JE SUIS HEUREUSE ...

SA PRÉSENCE ICI, NOTRE RENCONTRE...
... TOUT ÉTAIT VRAI ! C'EST LE VRAI SACHI !
AH !
MADEMOISELLE ?! QU'EST-CE QU'IL Y A ?!
わたわた VOILÀ VOILÀ
AH... EUH...
TENEZ, PRENEZ ÇA !
CHEMISE.
... MMM ...
PARDON.
PARDON.
PARDON D'AVOIR MENTI !
SACHI ...
... N'A PAS CHERCHÉ À ME TROMPER.

J'ÉTAIS ATTIRÉ PAR VOUS...
... JE VOULAIS ME RAPPROCHER DE VOUS.
POUR ÊTRE AVEC VOUS...
... J'ÉTAIS PRÊT À DEVENIR SÉRIEUX.
...
C'EST BIEN LE MÊME GARÇON.
IL N'A PAS MENTI...

PARFOIS ON S'EST CROISÉS.
MAIS VOUS NE M'AVEZ PAS REMARQUÉ.
POURQUOI...
JE ME DEMANDAIS COMMENT VOUS ABORDER.
J'AI ESSAYÉ DE JOUER LES GARS SÉRIEUX...
C'EST ALORS QUE JE VOUS AI VUE VOUS TRANSFORMER EN FILLE BRANCHÉE...
SA...
MAIS...

DEPUIS LE DÉBUT...
... JE SAVAIS QUEL GENRE DE FILLE VOUS ÉTIEZ.
ÇA FAISAIT LONGTEMPS QUE JE VOUS VOYAIS VENIR EN COURS ICI.
JE VOUS OBSERVAIS...
... MARCHER D'UN PAS VIF, LE REGARD DROIT DEVANT.
UNE DEMOISELLE AUX BEAUX CHEVEUX NOIRS...

... SACHI...
... POURQUOI ...?
... JE...
JE SAIS.

POURQUOI M'A-T-IL...
... MENTI DÈS LE DÉBUT ?
"DÈS LE DÉBUT" ?
MADEMOI-SELLE !

PLOC
UNE "DEMOISELLE" ET UN "COLLÉGIEN" QUI N'EXISTENT NI L'UN NI L'AUTRE...
JE SUIS TROP BÊTE.
LE SACHI QUI ME MANQUE N'EST QU'UN LEURRE...
... DEUX MENTEURS QUI BÂTISSENT UNE RELATION BASÉE SUR LE MENSONGE...
... IL ME MANQUE...
... DÈS LE DÉBUT, TOUT ÉTAIT FAUX...
... IL ME MANQUE TANT !
... EH...?

AH HA HA HA
あははは
DEPUIS LE TEMPS QUE JE SÉCHAIS POUR ALLER M'AMUSER...
... J'AI PERDU L'HABITUDE DE VENIR ICI DANS CETTE TENUE...
JE ME DEMANDE...
... SI SACHI EST LÀ, QUELQUE PART...
HABILLÉE COMME JE LE SUIS, ME RECONNAÎTRAIT-IL ?
JE POURRAIS ALLER JETER UN ŒIL...
OH !
はっ
JE SUIS TROP BÊTE !
NON GNON GNON
ぶぶぶんっ
SACHI...
PFF
ふう...

DÈS LE DÉBUT...
... C'ÉTAIT VOUÉ À L'ÉCHEC...
AH...
... LES COURS DU SOIR... ÇA FAISAIT LONG-TEMPS...

RESTONS-EN LÀ.
MERCI POUR TOUT. ADIEU.
DANS CES CONDITIONS...
ATT...
MADE...
...
YÛKA !!
... MÊME SI JE LUI AVOUAIS TOUT...
... LE RÉSULTAT SERAIT SANS DOUTE LE MÊME.
JE NE L'AURAIS JAMAIS RENCONTRÉ SANS CES MENSONGES...
C'ÉTAIT FICHU D'AVANCE.

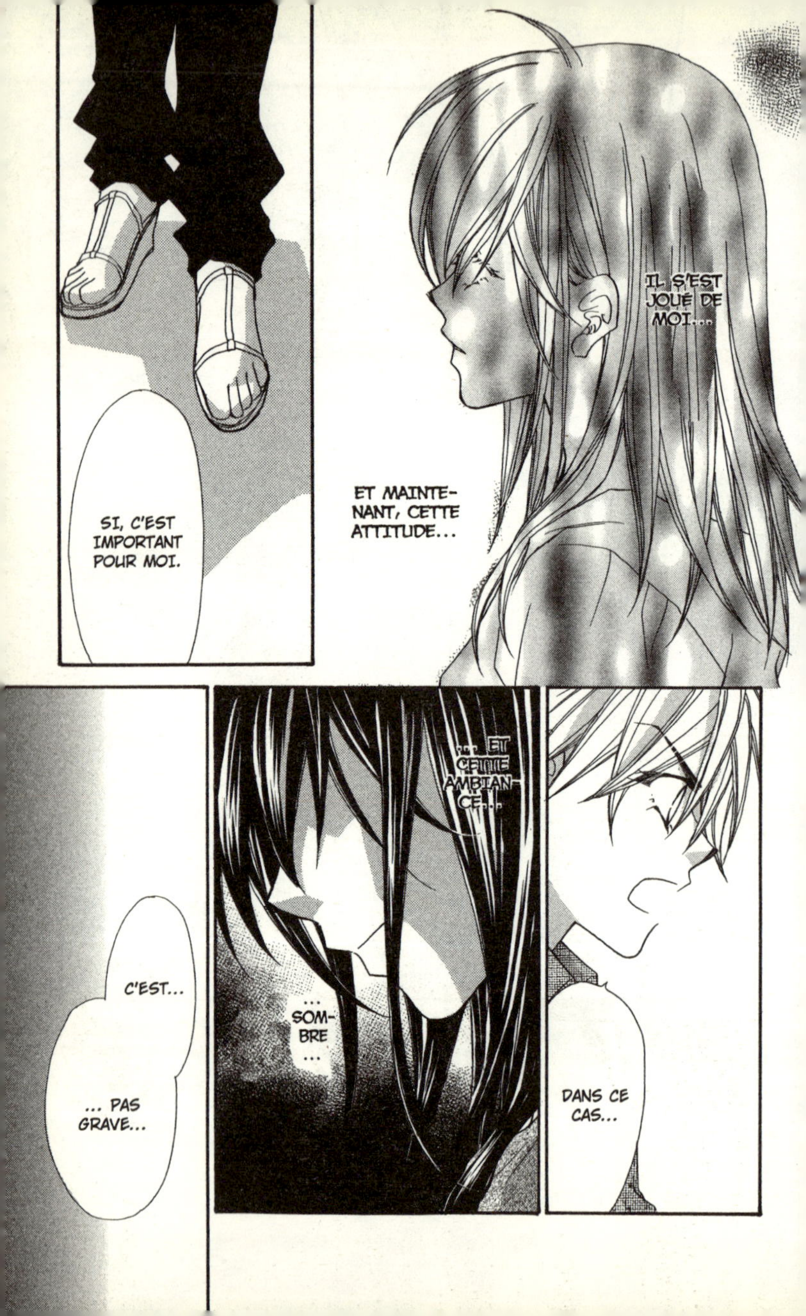
IL S'EST JOUÉ DE MOI...
ET MAINTENANT, CETTE ATTITUDE...
SI, C'EST IMPORTANT POUR MOI.
DANS CE CAS...
... ET CETTE AMBIANCE...
... SOMBRE ...
C'EST...
... PAS GRAVE...

... TU ME PRENDS VRAIMENT...
... POUR UN GAMIN IGNORANT ?
NON...
TU Y AS CRU ?!
...
C'EST PAS IMPORTANT, DE TOUTE FAÇON.

DANS CE CAS...
... JE VAIS JOUER AVEC VOUS !
C'EST TRÈS COURANT, NON ?
LES PARTIES À 3...
OU J'AI L'AIR TROP NIAIS POUR ÇA ?
FAITES-MOI CONFIANCE : VOUS NE LE REGRETTE-REZ PAS.
HEIN, MADEMOI-SELLE...
SA... SACHI ...?
CE DISCOURS...
JE NE LE RECONNAIS PLUS...
C'EST VRAIMENT SACHI ?
HÉ HÉ
QUOI ?
EST-CE QUE...

QUOI QU'IL EN SOIT, FAISONS UNE SORTIE DE "DEMOISELLE" !
JE NE SUIS PAS PRÊTE À AVOUER ...
TUDUM TUDUM
ドキドキ
MINCE, TU M'AS VUE ?
ET JE TE RETOURNE LA QUESTION !
JE SUIS DÉSOLÉE, MAIS C'EST JUSTE POUR S'AMUSER...
... ET C'EST LE GENRE DE CHOSE QUE JE FAIS SOUVENT...
EH ?
ビクッ

SA...
MINCE !!
QU'EST-CE QU'IL FAIT ICI ?!
QU'EST-CE QUE VOUS FAITES LÀ ?
IL SAVAIT QUE J'ÉTAIS LÀ !
J...
QUE FAIRE ? QUE FAIRE ?
JE LUI DIS TOUT ? ME CROIRA-T-IL ?!
BON !!

MAIS OÙ IL EST PARTI TÉLÉPHONER...
PAP PAP PAP
OH ! LÀ !
AH !
QU'EST-CE QU'IL FAIT À L'ENTRÉE ?!
AH, ENFIN !
SACHI !
TUDUM
DÉSOLÉ. MERCI D'AVOIR APPELÉ.
PAS DE PROBLÈME.
MAIS...
QU'EST-CE QUE...
SACHI ?
MAIS...
ELLE EST DANS LA CHAMBRE ? C'EST OÙ ?
PAR LÀ, À GAUCHE, CHAMBRE 103.
TUDUM
TUDUM
TUDUM

S'IL APPREND LA VÉRITÉ...
... M'EN VOUDRA-T-IL VRAIMENT ?
EST-CE LÀ LE GARÇON...
... DONT JE SUIS AMOUREUSE ?
MMMMM !
OK !
JE VAIS REVOIR SACHI AVANT DE DÉCIDER !
TADAM
JE VAIS LE SONDER, L'AIR DE RIEN.
IL NE SERA PAS TROP TARD ENSUITE !
FILONS SANS NOUS FAIRE VOIR DU DRAGUEUR...

... JE PEUX PAS...
ずううん
GAHHHH
MAIS SI JE RESTE VIERGE ...
... JE NE POURRAIS PLUS SORTIR AVEC SACHI...
POURTANT JE ME DE-MANDE...
... SI C'EST VRAIMENT UNE BONNE IDÉE...
... DE LE FAIRE AVEC CET INCONNU...
... POUR UNE RAISON PAREILLE ?
MAIS...
MAIS !
KRR
ギュ...
S'IL L'APPREND, IL M'EN VOUDRA...
... SACHI...

BON…
… ME VOICI AU LOVE HOTEL…
TUDUM
TUDUM TUDUM
どきどきばくばくどきどき
J'AI SOUVENT APPRIS DES CHOSES SUR LE TAS…
SI JE VEUX, JE PEUX…
ATTENDRE LE DRAGUEUR + DRAGUEUR OK + DIRECT À L'HÔTEL
BON !
DRAGUEUR
10 MIN + TÔT.
JE VAIS TÉLÉPHONER.
LE DRAGUEUR
IL EST EN RETARD… JE SUIS NERVEUSE.
JE VAIS EN PROFITER POUR ME FAMILIARISER AVEC LES LOVE HOTELS…
HA !
…

HUMPH
DEMAIN, JE DÉCLENCHE LE PLAN "FINIE LA VIRGINITÉ" !
COURAGE, MA FILLE !
...
LE MOMENT...
... EST VENU...
*LOVE HOTEL
HOTEL

JE VEUX PAS. JE VEUX PAS, MAIS...
IL FAUT QUE JE PERDE MA VIRGINITÉ AVANT DE LE FAIRE AVEC SACHI.
PARCE QUE JE VEUX ENCORE MOINS PERDRE SACHI...
DEMAIN ?
Y A PAS COURS, POURQUOI ?
POUR RIEN ! J'AI UN TRUC À FAIRE DEMAIN, ET JE NE VIENDRAI CERTAINEMENT PAS ICI !
ET TOI ? TU NE VIENS PAS, HEIN ?!
...? EUH...
... PAS TOUT SEUL, NON...
BIEN !
DONC DEMAIN, ON NE VIENT SURTOUT PAS ICI !

MADEMOISELLE !
ÇA NE DEVAIT PAS DURER...
... MAIS ...
... JE NE VEUX PAS QUE ÇA FINISSE COMME ÇA.
JE L'AIME ...
JE L'AIME ...
LA VIR-GINITÉ
FINI !
IL Y A BIEN...
... UN AUTRE MOYEN...
IL FAUT LE FAIRE...
... AVEC UN AUTRE, AVANT...

OH LÀ LÀ...
VISIBLEMENT, QUAND ON EST VIERGE, ÇA SE REMARQUE...
BIBLIOGRAPHIE DÉTAILLÉE (REVUES POUR ADOLESCENTES)
MAIS S'IL DÉCOUVRE QUE JE NE SUIS NI HABITUÉE À SORTIR, NI BRANCHÉE...
... IL M'EN VOUDRA...
JE LUI AI MENTI...
SACHI EST ATTIRÉ PAR UNE "DEMOISELLE"...
... S'IL ME CONNAISSAIT VRAIMENT... CE SERAIT LA FIN DE TOUT.
POF
PFF
SI JE N'AVAIS PAS FAIT SEMBLANT D'ÊTRE BRANCHÉE...
... JE NE L'AURAIS MÊME PAS RENCONTRÉ...

"ENCORE À MA POR-TÉE..."
"ENCORE" ?!
ET POUR LA SUITE, QUI DOIT SAVOIR FAIRE ?!
UN CAFÉ...?
??
MAIS, NORMALEMENT UNE "FILLE BRANCHÉE" DOIT ALLER PLUS LOIN...
C'ÉTAIT DANS LES REVUES !
C'EST À MOI DE... PROPOSER ? MAIS JE L'AI JAMAIS FAIT !
... VU QUE ...
MADE-MOISELLE ...?
... LA "FILLE BRANCHÉE"...
... EST VIERGE !

YO
ET…
DONC…
EUH… JE VAIS ACHETER À BOIRE !!
JE …
ON S'EST…
… EMBRASSÉS…
OH LÀ LÀ, C'EST GÊNANT !
C'ÉTAIT UN PEU FORCÉ… OH LÀ LÀ !
ばたばた
PATA PATA PATA
OH ! UNE "MADEMOISELLE" NE DEVRAIT PAS SE METTRE DANS CET ÉTAT !
MAIS …
えへー
HÉ HÉ
… C'ÉTAIT BIEN…
"UN BAISER, C'EST ENCORE À MA PORTÉE"…
ん？
EH ?

JE...
UN BAISER...
... C'EST ENCORE À MA PORTÉE.

ばッ
AH !
ATTT-ATT-ATTENDEZ UN PEU ! JE SUIS PAS PR...
BON, ALORS... QUE FERAIT UNE FILLE HABITUÉE À SORTIR ?!
AUTRE QUE "FUIR", HEIN ?!
... UNE FILLE HABITUÉE PRENDRAIT LES DEVANTS...
OH OUI...
NE ME TRAITEZ PAS COMME UN ENFANT !

POUR-QUOI ?
ILS SONT TRÈS BEAUX COMME ÇA.
...
C'EST DOUX
MOI, JE LES AIME...
... COMME ÇA.
AH...
EUH...
ÇA C'EST...
... COMMENT DIRE...
J'AI VU ÇA DANS LES LIVRES !!
... UNE ATMOSPHÈRE DE BAISER !
"IL M'A SOUDAIN REGARDÉE FIXEMENT, ET ON S'EST EMBRASSÉS."
"LA CONVERSATION S'EST ARRÊTÉE D'UN COUP, ET ON S'EST EMBRASSÉS, TOUT NATURELLEMENT. ENSUITE..."
"SI VOS REGARDS SE CROISENT, IL FAUT L'EMBRASSER."
"NOS VISAGES SE SONT RAPPROCHÉS ET IL M'A..."
"UN LONG ÉCHANGE DE REGARD EST LE SIGNAL POUR..."
L'ATMOSPHÈRE OUS DIRA QUAND LE MOMENT..."

COMMENT JE VAIS FAIRE ?
JE NE PENSE PLUS QU'À TOI !
... C'EST BIEN BEAU TOUT ÇA...
... MAIS COMMENT METTRE FIN À CE MEN-SONGE ?
MADE-MOISELLE ...
DES CHEVEUX NOIRS, PAS DÉCO-LORÉS...
... C'EST RARE...
ビクッ!!
AH !
AHAHAHAH ! J-JE LES AI TEINTS EN NOIR Y A PAS LONGTEMPS !
MAIS JE VAIS PEUT-ÊTRE CHANGER ENCORE...

FRT FRT
MENTIR POUR SORTIR AVEC UN GARÇON …
… C'EST MA PREMIÈRE FOIS…
STOP
HÉ HÉ
OH ! "MA PREMIÈRE FOIS" ! ON DIRAIT QUE JE PARLE DE SEXE !
FRT FRT FRT FRT
AH ! JE ME DÉCONCENTRE ! C'EST PAS BIEN !
SKRSH
SACHI

… QUE JE ME DIS QU'ON PEUT BIEN …
… CONTI-NUER ENCORE UN PEU …
OUI…
… D'ACCORD.
… HUM…
… BÂTIR UNE RELATION SUR UN MEN-SONGE, JE NE SUIS PAS SÛRE…
JE SAIS QUE C'EST PAS BIEN ! ET S'IL DÉCOU-VRE LA VÉRITÉ ?!
FRT FRT FRT FRT
AH ! JE SUIS STRESSÉE ! LES MATHS, ÇA VA ME CALMER !

ON NE SE VOIT PAS LONG-TEMPS...
DITES, MADEMOI-SELLE...
... ON SORT ENSEMBLE ?
... MAIS...
... C'EST BIEN POUR ÇA...
JE FERAI UN EFFORT...
... POUR ÊTRE À LA HAUTEUR.
... PARCE QU'ON PASSE JUSTE UN PEU DE TEMPS ENSEM-BLE...
... JUSTE UN PEU...

... TROP MIGNON.
VIENS... ... ALLONS MANGER UNE CRÊPE...
... JE T'INVITE.
JE NE ME LASSE PAS DE LUI...
... JE NE M'ENNUIE PAS...
MAIS SI, JE PAIE !
MAIS, NON, C'EST BON !
DITES, VOUS M'EMMENEZ EN BOÎTE ?
AH AH AH ! TU ES UN PEU JEUNE POUR ÇA !
わくわく
HEIN ? HEIN ?
PAS FACILE DE JOUER LES "DEMOISELLES" ...
CHAQUE JOUR...
TOUS LES JOURS...
... J'ACCUEILLE LE SOIR AVEC JOIE.

DEUX STYLES OPPOSÉS.
AHAH !
PARDON !
MES VÊTEMENTS NE VONT PAS DU TOUT AVEC VOTRE STYLE, HEIN ?! LA HONTE !
ET CETTE TÊTE DE PERSO …
… CE PERSO…
BAH ! C'EST RIEN, NE T'EN FAIS PAS !
C'EST MIGNON, J'AIME BIEN !
OH, REGARDE ! DES CRÊPES ! ÇA TE TENTE ?
AH !
DES CRÊPES ?!
JE CONNAIS UN ENDROIT OÙ ILS VENDENT D'ÉNORMES GLACES POUR PAS CHER. C'EST PAS LOIN…
EUH はッ
BOUHOU-HOU…
EUH… C'EST PAS GRAVE…
AAH… ENCORE UNE BOURDE … CHUIS TROP NUL…
IL EST VRAIMENT …

VRAIMENT ?! GÉNIAL !!
JE M'APPELLE SACHI, ENCHANTÉ !
IL EST MI-GNON.
ALLEZ, C'EST PAS POUR LONG-TEMPS...
YOU-HOU !
MADEMOI-SELLE YÛKA !
TIENS ? OÙ EST TON UNI-FORME ?
HÉ HÉ ! JE ME SUIS CHANGÉ !
JE N'ALLAIS PAS SORTIR AVEC VOUS DANS CETTE TENUE...

MADEMOISELLE,
ATTENDEZ !
HAP
WAH !
JE... J'AIMERAIS ...
... VOUS REVOIR...
NON ?
... S'IL APPRENAIT QUI JE SUIS VRAIMENT ...
... ET PUIS SORTIR AVEC UN COLLÉGIEN...
HUM...
キュウウウン
MIIIIII
...
JUSTE LE SOIR, ALORS.
JE CROISE RAREMENT LES COLLÉGIENS EN COURS...
... ET IL M'INSPIRE CONFIANCE...

IL EST VRAIMENT NAÏF.
JE SUIS CONTENTE...
T'ES AU COLLÈGE ?
OUI ! 3ÈME ANNÉE !
JE NE SAVAIS PAS...
... QU'IL ÉTAIT SI AGRÉABLE D'ÊTRE ADMIRÉE.
QU'EST-CE QUE TU FAIS LÀ ?
EN UNIFORME ?
BAH, MOI, C'EST NUL.
J'AI DES COURS DE RATTRAPAGE DANS UNE ÉCOLE PRIVÉE, JUSTE À CÔTÉ...
QUOI ?!
C'EST L'ÉCOLE OÙ JE VAIS !
QUELLE HONTE SI JAMAIS ON SE CROISE LÀ-BAS !
DEMI-TOUR
AH, OK ! BON, JE FILE ! BYE !

AH...
OOH
AH BON ?!
ALORS, JE VOUS AI INTER-ROMPUE ?!
MINCE, LA HONTE...
J'Y AVAIS PAS PENSÉ...
BAH, C'EST PAS GRAVE...
JE SUIS LÀ POUR M'AMUSER, J'AI L'HABITUDE !!
VRAIMENT ? MADEMOISELLE, VOUS ÊTES AU LYCÉE, HEIN ? TROP COOL !!
ELLE SE PREND AU JEU.
IL M'A CRUE...

30 SECONDES...?!
QU'EST-CE QUI SE PASSE, LÀ ?!
ET T'ES QUI, TOI ?!
AH ? EN FAIT...
HAA HAA PFF KOF
EN PASSANT, J'AI VU QUE VOUS AVIEZ L'AIR EMBÊTÉE, ALORS J'AI VOULU VOUS AIDER...
DÉSOLÉ. J'Y SUIS ALLÉ TROP FORT ?
C'ÉTAIT SI ÉVIDENT, QUE JE NE SAVAIS PAS QUOI FAIRE ?! LA HONTE !
QUOI ?!
MAIS NON !
JE N'ÉTAIS PAS SPÉCIALEMENT EMBÊTÉE. JE LES FAISAIS SEULEMENT MARINER !

UNE VIE DE FILLE BRANCHÉE, À L'OPPOSÉE DE LA MIENNE...
... ET MON PREMIER PAS DANS CE SENS C'EST MAINT...
FRT
すっ
JE...
SI VOUS NE VOULEZ PAS...
... VENEZ, MADEMOISELLE !
QU...
QUOI ?! QUOI ?!
PAM PAM PAM PAM PAM

ILS RÉPÈTENT LA MÊME CHOSE EN BOUCLE DEPUIS TOUT À L'HEURE !
LES 3 CLÉS DE LA DRAGUE : SOIS CLAIR, NE LÂCHE RIEN, INSISTE ENCORE !
RECHER-CHE DE DONNÉES… EN COURS …
情報検索中
JE SUIS COINCÉE. ELLES FONT COMMENT, DANS CES CAS-LÀ, LES FILLES BRAN-CHÉES ?
OH LÀ LÀ LÀ LÀ LÀ LÀ
LES LIVRES NE DISAIENT RIEN SUR LA MANIÈRE DE REPOUSSER LES DRA-GUEURS !
OH !
(EXTRAIT DU COURRIER DES LECTEURS D'UN MAGAZINE DE MODE.)
"MON PETIT COPAIN M'A D'ABORD DRA-GUÉE DANS LA RUE. AU DÉBUT J'ÉTAIS OK POUR M'AMUSER AVEC LUI, MAIS AVANT QUE JE RÉALISE, C'EST DEVENU DU SÉRIEUX. AUJOURD'HUI ON FILE LE PARFAIT AMOUR ! ♡
(RYÔBÛ, ÉLÈVE DE PREMIÈRE)
"OK POUR M'AMU-SER"…
OK POUR S'AMUSER… DONC…
OUI !
?
JE DOIS DIRE OK, HEIN, RYÔBÛ !!
LA LEC-TRICE.

TU ES SEULE ? TU VAS OÙ ? TU FAIS RIEN ?
ENFIN ...
... C'ÉTAIT MON INTENTION, MAIS...
... J'AI VITE ÉTÉ COINCÉE PAR DES DRA-GUEURS...
BLOQUÉE 3 M APRÈS LA SORTIE DE LA GARE.
BAVE
VIENS AVEC NOUS !
CE SERA MIEUX QUE DE RESTER SEULE !
BAVE BAVE
C'EST QUOI TON NUMÉRO ? TON MAIL ?
TU T'APPELLES COMMENT ?
EUH ... NON, MERCI ...
ALLONS, PAS DE MANIÈRES !

QUALITÉ : SÉRIEUSE
DÉFAUT : SÉRIEUSE
ACTIVITÉ PRÉFÉRÉE : ÉTUDIER.
JE PASSE MES JOURNÉES ENTRE LA MAISON, LA BIBLIOTHÈQUE ET LES COURS.
J'AI COMMENCÉ À EN AVOIR UN PEU ASSEZ DE CETTE VIE.
VRAIMENT MARRE.
ET C'EST POURQUOI...
... J'AI FAIT QUELQUES RECHERCHES SUR LE MAQUILLAGE ET LA MODE...
... J'AI APPRIS LE GUIDE DES SORTIES PAR CŒUR...
... ET CE SOIR, MOI, YÛKA MIZUSAWA, 17 ANS, JE VAIS...
... ENTRER DANS LA PEAU D'UNE FILLE BRANCHÉE, HABITUÉE À S'AMUSER !

MADEMOISELLE MENTEUSE

VOICI UNE HISTOIRE INDÉPENDANTE, PARUE POUR LA PREMIÈRE FOIS À L'ÉPOQUE OÙ JE COMMENÇAIS "BEAUTY !!". J'AIMAIS BIEN L'IDÉE DE CONFRONTER UNE JEUNE FILLE ET UN GARÇON PLUS JEUNE, ET VOILÀ CE QUE ÇA A DONNÉ. HUM... J'AVOUE QUE JE NE M'EN SOUVIENS PAS BIEN. À CETTE ÉPOQUE IL S'EST PASSÉ QUELQUE CHOSE D'IMPORTANT POUR MOI, ET J'AVAIS LA TÊTE AILLEURS. DÉSOLÉE... (SWEAT) LE GARÇON EST APPELÉ "SACHI". C'EST MIGNON, MAIS À VRAI DIRE J'AVAIS PRÉVU DE L'APPELER "SHÔ". AU DERNIER MOMENT ON M'A DIT : "IL Y A UN AUTRE PERSO AVEC LE MÊME NOM AILLEURS DANS LE RECUEIL, ALORS CHANGE ÇA". TOUT ÉTAIT DÉJÀ DESSINÉ, LES TEXTES ÉTAIENT ÉCRITS ET JE MANQUAIS DE TEMPS, J'AI SIMPLEMENT CHOISI UNE AUTRE PRONONCIATION DU MÊME CARACTÈRE JAPONAIS. AUJOURD'HUI ENCORE, POUR MOI CE PERSONNAGE S'APPELLE "SHÔ". MÊME SI "SACHI" EST TRÈS MIGNON. QUANT À YÛKA, JE NE ME SOUVIENS D'ELLE QUE COMME "MADEMOISELLE". IL FAUT DIRE QUE SON NOM N'EST PRESQUE JAMAIS UTILISÉ !

*MILLE CONSEILS POUR...
SORTIR LE SOIR
ÉDITIONS DU MENSONGE
800 YENS
MADEMOISEL

LE MENTEUSE

"QUELQU'UN DE BIEN" OU PAS...
HEIN.
ATT...
JE VOUS SÉPARERAI À TOUT PRIX.
... JAMAIS !
ALORS FAIS-TOI UNE RAISON !!
C'EST PAS ...!!
... JE NE TE LAISSERAI L'APPROCHER !
ET NOTRE CÂLIN ?!
À SUIVRE...

GRRRRRR
GRR
TOI, MUTSU BIDÔ !
QU'AS-TU OSÉ FAIRE À MA SUPER-MÉGA-ULTRA-MIMI MAKOTO ?!
IL EST TOTALEMENT LARGUÉ.
NAOMI ! TU TE TROMPES ! C'EST QUELQU'UN DE BIEN !
TOUT À L'HEURE, IL T'A BIEN REPOUSSÉE, NON ?!
IL AURAIT ÉTÉ PLUS FRANC D'ACCEPTER !
GR
TU ES TOTALEMENT DÉRAISONNABLE DE VOULOIR AVOIR UN PETIT AMI...
... MAIS CELUI-LÀ, EN PLUS ?!
GR
QUOI ?
MAIS QU'EST-CE QUE TU VEUX DIRE ?
QUOI QU'IL EN SOIT !
あらよっと!!
C'EST PARTI !
WAH !?

TROMBES D'EAU
HI
NOOOOOOOOOON !
MON DIEU
MA PETITE MAKOTO SI PURE, AVEC CE GARÇON ?!
NA... NAOMI ...
CALME-TOI...
BWAAAAAAAA
AIDEEZ-MOIII !
M-MM-MMAIS M-MM-MA-MAKOTOOOO ! Q-QU-QU'EST-CE QUE J'AI FAIT POUR MÉRITER ÇA ?!!!!!
HUM !

...!!
!?!
HIIIII
J'AI HOOONTE ! PARDON D'AVOIR UN TEL FRÈRE !
J'AURAIS VOULU LE CACHER, MAIS...
CONFUSION TOTALE.
GRAB
BON, ÇA SUFFIT ! ON RENTRE, MAKOTO !!
AH... ATT...
PFUIT
ATTENDS, NAOMI !
JE RESTE ICI AVEC LUI !
JE...
JE L'AIME VRAIMENT !
JE VEUX RESTER AVEC LUI !
MAKOTO ...
CE N'EST...

C'EST PAS VRAI !
SI ! DE CŒUR, JE SUIS TA SŒUR !
QUAND TU LE DIS, C'EST BIZARRE !
ET ALORS ? ÇA VEUT DIRE QUOI ?!
EUH... EN FAIT, C'EST MON...
... FRÈRE...
NAOMI TAKEBA-YASHI...
EH.
EN BREF...
JE SUIS UNE TRANS-SEXUELLE.
ENCHAN-TÉE ! ♡
VOIX D'HOMME
UOIIIIII ?

QUOI ?!
NAOMI ?!
JE SUIS VENUE TE SAUVER...
... DES SALES PATTES DE CETTE BÊTE !
キャー
WAH
SENPAI, ÇA VA ?
HEIN ? QUOI ?!
NAOMI, POURQUOI TU FAIS ÇA ?!
TU LA CONNAIS ?
COUP DU TALON AIGUILLE !!
VLAN
JE SUIS SA...
... GRANDE SŒUR !

VOUS AVEZ L'INTENTION DE FAIRE ÇA LÀ ?
QUOI ?!
QU'EST-CE QUE TU FAIS LÀ, TOI ?!
ON... ... NOUS A VUS.
HA !
C'ÉTAIT ELLE, TOUT À L'HEURE ...
HUM...
...?!
C'EST ÉVIDENT, NON ?!

AVEC LUI...
... PEU IMPORTE LE LIEU...
... OU LE MOMENT...
... JE SUIS SIMPLEMENT HEUREUSE.
SEN...
... PAI...
AH...
はあ…っ
J'AI CONFIANCE...
... CE SENTIMENT...
JE...
... T'AIME...

... JE ME MOQUE DU RESTE...
... ALORS...
... NE ME...
... LÂCHEZ PLUS.
J'AI CONFIANCE EN LUI.

TUDUM
C'EST...
ALORS...
JE T'EN PRIE... LÂCHE MA MAIN...
TUDUM
... ME DIT DES CHOSES PAREIL-LES...
TUDUM
S'IL...
HAP
きゅ…
TUDUM
...
EH... OH...
MAKOTO...
HOP
MOI... AUSSI...

JE LE SAVAIS...
... TU NE M'AS PAS CRU.
EH ?
SI...
... JE NE TE TOUCHE PLUS...
HAP
...
... C'EST PARCE QUE JE TIENS À TOI...
... ET QUE...
... DÈS QUE JE TE TOUCHE...
... J'OUBLIE L'ENDROIT ET LE MOMENT...
TUDUM

NON !
J'AI ENTENDU CE QUE VOUS AVEZ DIT !
PARDONNEZ-MOI !
ATTENDS !
TU FAIS ERREUR !
JARDIN PUBLIC
QU...?!!
MAIS...
ATTENDS !
PAM
IL M'A TOU-CHÉE...
AH...

... JE N'AURAIS DÛ DOUTER DE LUI.
JAMAIS ...
... PAS UN INSTANT ...
... PAS UNE SECONDE ...
C'EST VRAI.
EN CE MOMENT MÊME, ON T'OBSERVE D'AILLEURS...
HÉ ? ...
キョロ
WAH ! MAKOTO !?
AH !
はっ
AH...
AH, ATT...
ATTENDS, MAKOTO !!
PATA BATA
...

J'ADORE LES HÔTELS.

J'ADORE DORMIR À L'HÔTEL. TRAVAILLER CHEZ SOI, ÇA A L'AIR SYMPA, MAIS EN RÉALITÉ ÇA REVIENT SURTOUT À DORMIR SUR SON LIEU DE TRAVAIL. ON N'EST JAMAIS VRAIMENT "CHEZ SOI". C'EST POUR ÇA QUE JE PEUX MIEUX ME DÉTENDRE EN PASSANT LA NUIT AILLEURS. ^_^ ET PUIS J'AIME LES HÔTELS EN TANT QUE BÂTIMENTS. MON PRÉFÉRÉ EN CE MOMENT EST UN ÉTABLISSEMENT DISCRET DE SHIBUYA. LES CHAMBRES Y SONT VASTES, CLASSIQUES MAIS EN MÊME TEMPS TRÈS MIGNONNES ET BELLES. ET PAR-DESSUS TOUT, LE SERVICE Y EST EXCELLENT !

ON SE SOUVIENT DE VOUS DÈS VOTRE ARRIVÉE.

ON VOUS FAIT VOS COCKTAILS SELON VOS RECETTES PRÉFÉRÉES.

ET PUIS...

... ILS SONT DRÔLES.

SURTOUT LE SERVEUR DU RESTAURANT !

LA VIANDE !

CHAQUE FOIS QU'IL APPORTE UN PLAT, IL A UN PETIT MOT...

TOUT EST DE LA MEILLEURE QUALITÉ. ET PARFAIT. C'EST TROP BIEN, J'Y RETOURNERAI !

LAISSEZ-MOI DEVINER : VOUS ÊTES INFIRMIÈRES !

DESSINATRICE ET DESIGNER (UNE AMIE) ÉPUISÉES.

RIEN À VOIR...

ON DEVRAIT FAIRE SEMBLANT D'ÊTRE INFIRMIÈRES LA PROCHAINE FOIS !

... MAIS JE N'AI PAS...
... L'INTENTION DE LA TRAHIR.
POUR ELLE...
... JE SUIS PRÊT À TOUT ENDURER.

JE T'AI DIT DE NE PLUS VENIR.
OUI, MAIS...
... COMMENT T'OUBLIER ?
TUDUM
NON... NON !
C'EST PAS VR...
OÙ EST LE PROBLÈME ?
JE NE TE DEMANDE PAS DE RELATION OFFICIELLE...
TUDUM
TUDUM
C'EST PAS VRAI, SENPAI !
TA COPINE ACTUELLE EST MIGNONNE, MAIS...
HU HU
... ELLE NE TE SATISFAIT PAS VRAIMENT, JE ME TROMPE ?
HU
NON...
... PEUT-ÊTRE PAS...
NON !

C'EST POUR ÇA QUE JE VAIS TOUT DE SUITE ARRÊTER DE LE SUIVRE !!
ELLE COMMENCE À SE COMPORTER EN DIGNE MEMBRE DU CLUB DE LA BEAUTÉ.
TUDUM TUDUM
PARDON ! PARDON ! MAIS IL N'Y A RIEN, N'EST-CE PAS ?
BIEN SÛR ! RIEN DU TOUT !
J'AVAIS VRAIMENT TORT DE LE SOUPÇONNER !
MUTSU, TU RENTRES ?
TUDUM
EH ?
QUOI ?
ENCORE TOI ?
IL Y A BIEN UNE FEMME !

PATAN
... NON...
UNE AUTRE FEMME LE SATISFAIT ?!
AAH ! QUELLE IDIOTE JE FAIS !
JE DOIS LUI FAIRE CONFIANCE !
IL M'AIME UN PEU, BEAUCOUP...
CON-FIANCE CON-FIANCE !
PLOC PLOC
WAHAHA
HÉ HÉ
IL ALTERNAIT LES FILLES, "LE ROI DE LA CHAIR"...
KRR
C'EST-C'EST-C'EST PAS SON GENRE DE...
CON-FIANCE !
NON...
... OUI...
... J'AI CONFIANCE...
... ET PUIS...

... POURQUOI ...
... CES DERNIERS TEMPS, IL NE ME TOUCHE PLUS ?
DISTANCE.
ET QUAND JE DIS QU'IL NE ME TOUCHE PLUS...
CÂLIN
SENPAI ... ♥
BATAM BATAM
WAHAH !
YÔ ET LES AUTRES NE VONT PAS TARDER !
YÔ ME GAVE, JE M'EN VAIS !
... IL ME FUIT CARRÉMENT !

FAIS-MOI CONFIANCE.
D'ACCORD ?
D'ACCORD !
TOUT VA BIEN...
... J'AI CONFIANCE...
... JE SAIS QUE JE PEUX LE CROIRE...
...MAIS...

WAHHH
IL ALTERNAIT LES FILLES, JOUR ET NUIT...
... AU POINT QU'ON L'APPELAIT "LE ROI DE LA CHAIR"...
IMAGE NON CONTRACTUELLE...
ON M'A JAMAIS APPELÉ COMME ÇA !!
AAH
VIENS ICI, MAKOTO !
TAM !
OH, PARTI...
PFF !
JE... ... EUH...
AVANT, JE N'AVAIS PAS DE COPINE FIXE, ALORS...
PFF !
... ALORS JE NE FERAI PLUS ÇA.
... ALORS C'EST VRAI ?
QUOI ?!
AH NON, C'EST, EUH...
IL AURAIT FALLU MENTIR ?!
MAIS MAINTENANT...
... TU ES LÀ...
SENPAI...

GEUHEU
ぶっほぁ
... IL PARAÎT QUE TU TRAÎNES AVEC UNE BELLE FEMME ?
QUOI ?
DE QUOI VOUS PARLEZ ?!
RIEN...
MAIS CES DERNIERS JOURS LES TÉMOIGNAGES AFFLUENT...
BR BR BR...
JE NE VOIS PAS DU TOUT ...!!
MAKOTO, NE L'ÉCOUTE PAS !!
HÉ HÉ
OOOH !
ÇA FAISAIT LONGTEMPS QUE JE N'AVAIS PAS ENTENDU DIRE ÇA DE TOI !
"LONG-TEMPS" ?
OH LÀ LÀ
LA FERME...
MAIS C'EST LA VÉRITÉ !

SHH
DIS...
... ET SI...
... ON JOUAIT À DES JEUX INTERDITS ?
TU VOIS...
クスクス HU HU HU
... DE QUOI JE VEUX PARLER ?
クス... HU HU...
MU-CHAN...
... CES DERNIERS TEMPS...

TA COPINE N'EST PAS AVEC TOI AUJOURD'HUI.
TANT MIEUX. JE VAIS ENFIN POUVOIR TE PARLER.
VOUS ÊTES QUI ?
VOUS VOULEZ QUOI ?
HÉ
HU HU.
JE SUIS...
... NAOMI.
ÇA FAIT LONGTEMPS QUE JE T'OB-SERVE.

ET MERDE ...
COMMENT ON EN EST ARRIVÉS LÀ ?
GRRRRRR
IL EST SUPER FRUSTRÉ !!
COMBIEN DE TEMPS VAIS-JE TENIR COMME ÇA ?
...
MUTSU...
... BIDÔ...
AH !
MAIS À QUOI JE PENSE, MOI ?!
REPRENDS-TOI, MUTSU !
ZUP
OUI, CALME-TOI ET PENSE À MA-KOTO...
GRML GRML

À DEMAIN.
OH, IL EST VRAIMENT PARTI.
C'EST LA FRUSTRATION QUI LE REND SUSCEPTIBLE ?
FRU...
MAIS...
... JE ME DEMANDE SI C'EST VRAI...
MUTCHI-SENPAI EST FRUSTRÉ ?
MAIS... C'EST... C'EST... C'EST...
C'ÉTAIT...
... UNE BLAGUE !

QU'EST-CE QUE VOUS FAITES ?
HÉ
HÉ
PFF
... IL NE NOUS LÂCHERA PAS.
MÊME LES WEEK-ENDS.
ALLONS VITE AU CLUB !
AUJOURD'HUI JE FAIS UN EXPOSÉ SUR LA BEAUTÉ DU NOM "MUTSUGORÔ"...
JE M'EN VAIS !!
VOUS PARTEZ ?
HORS DE QUESTION QUE J'ÉCOUTE CET EXPOSÉ !
MAIS, NOUS DEUX...
POF
BAH, C'EST PAS SI GRAVE.
ON SE VOIT TOUS LES JOURS.

EN FAIT...
... NOUS N'AVONS TOUJOURS PAS REFAIT L'AMOUR ENSEMBLE.
OUI...
... C'EST VRAI, JE SAIS...
WAHAH
ON MANQUE DE TEMPS, ET D'UN LIEU...
POURQUOI PAS APRÈS LES COURS ...
IL Y A LES ACTIVITÉS DU CLUB...
... ET JE NE VEUX PAS QUE MA FAMILLE S'INQUIÈTE...
CETTE CONVERSATION FAIT PITIÉ.
PARDON...
ON PEUT NE PAS ALLER AU CLUB...
... MAIS...

À PART "NAOMI, JE T'AIME !", J'AI RIEN À DIRE CETTE FOIS.

DÉSOLÉE...

VIENS PLUS SOUVENT, NAOMI...

15 – BIENVENUE, NAOMI !

ENFIN ! NAOMI EST ENTRÉE EN SCÈNE. JE SUIS CONTENTE ! ENFIN, BON, CEUX QUI ME CONNAISSENT BIEN COMPRENNENT CE QUE JE VEUX DIRE. J'AIME BEAUCOUP NAOMI.

HURLUBERLUS AUX CHEVEUX LONGS, JE VOUS AIME !

COMBIEN DE FOIS VAIS-JE DEVOIR LE DIRE AVANT D'ÊTRE SATISFAITE ? NON, CE NE SERA JAMAIS ASSEZ ! ENFIN, FAIRE DE TELLES DÉCLARATIONS À MES PROPRES PERSONNAGES, C'EST PAS TRÈS SÉRIEUX... JE SAIS BIEN, MAIS JE N'Y PEUX RIEN !

CHERRY 15
LA DEUXIèME FOIS

LA BEAUTÉ DU SECRET...
... C'EST QU'IL RESTE SECRET.
ET C'EST AINSI QUE NOTRE CLUB...
PFU...
MA DISSOLUTION...
... DEVINT LE GARDIEN ...
... DES SECRETS DE TOUS.
SECRETS À VENDRE
MAIS...
COMMENT YÔ-SENPAI CONNAÎT-IL L'EXISTENCE DE MON FRÈRE ?
BRRRR...

PACTE AVEC LE DIABLE...
悪魔の取り引き
... EN ÉCHANGE...
... VOUS NOUS DIREZ VOS PROPRES SECRETS.
N'AYEZ CRAINTE...
... NOUS NE LES RÉVÉLERONS PAS EN DEHORS DE CET ACCORD.
ET POUR QUE VOS SECRETS NE TOMBENT PAS EN DE MAUVAISES MAINS...
... LE CLUB VA LES CONSERVER À L'ABRI, POUR TOUJOURS !
QUOI ?
"POUR TOUJOURS" ?!
ET LA DISSOLUTION ?
BLA BLA
ザワ ザワ
AH... BON...
SI LE CLUB LES CONSERVE, TOUT VA BIEN...
PERSONNE N'Y TOUCHERA...
ILS CONNAISSENT DÉJÀ TOUS NOS POINTS FAIBLES, ALORS...
PARFAIT !

DITES-MOI LES SECRETS DE MON COPAIN !
DU MIEN AUSSI !
ET DE MA COPINE !!
は…?
EH… ?
VOUS LES CONNAISSEZ, ALORS PARLEZ !
HUM…
… ILS N'ONT PAS L'AIR FÂCHÉS…
C'EST VRAI. EMBÊTANT, ÇA…
ALLEZ, VOUS POUVEZ BIEN NOUS DIRE ÇA !
J'AVAIS ESSAYÉ DE LES DÉTERRER, MAIS IMPOSSIBLE DE SAVOIR LEQUEL ÉTAIT À QUI…
HUM. BIEN…
SI C'EST SI IMPORTANT POUR VOUS, D'ACCORD.
MAIS…

QUOI ?!
COMMENT ILS SAVENT ÇA ?
わあ WAAH
WAAH わあ
KRR
AH...
DÉSOLÉ, JE CROIS QUE J'AI TROP PARLÉ.
TOUT LE LYCÉE EST AU COURANT.
DÉSOLÉ, VRAIMENT. J'AI PAS FAIT EXPRÈS.
IL L'A FAIT EXPRÈS.
HÉ HÉ
ET COMME VOUS LE CONSTATEZ, ÇA FAIT DU BRUIT.
わあわあ
AH !
WAAAAH
NOS SECREEEEETS !
ああ
HI HI
IL EST NORMAL QU'ILS SOIENT EN COLÈRE...
... JE NE VOIS QU'UNE SOLUTION : DISSOUDRE LE CLUB ET PRÉSENTER DES EXC...
VOUS, LE CLUB DE LA BEAUTÉ !!

COMMENT VA TON GRAND FRÈRE ?
PARDON ?!
HEIN ?! QUOI ?!
MAIS POURQUOI, TOUT D'UN COUP...?
OUI, ENFIN...
JE VIENS JUSTE D'Y PENSER.
TU AS UN GRAND FRÈRE ?
OOOH !
TAP TAP TAP
ILS DÉTERRENT VRAIMENT LES SECRETS !

... "MUTSU-GORÔ" ?!
LE PRONONCE PAS EN ITALIQUE !
JE... EUH ...
PARDON D'AVOIR INSISTÉ...
ET ARRÊTE AUSSI CET AIR GÊNÉ !!
AH !
C'EST BEAU LA FRANCHISE !
MAIS...
... POURQUOI VOUS AVEZ "GORÔ" DANS VOTRE PRÉNOM ?
"GO", ÇA VEUT-DIRE "5". NORMALEMENT, C'EST POUR LE CINQUIÈ-ME ENFANT, NON ?
ET YÔ-SENPAI A UN PRÉNOM BIEN PLUS COURT...
C'EST FAIT EXPRÈS ?
ÇA...
C'EST...
AU FAIT...
... MA PETITE MAKOTO...

*LE MUTSUGORÔ OU BOLEOPHTHALMUS PECTINIROSTRIS FAIT PART... THALMUS... DANS LA VASE OÙ IL CREUSE DES TROUS. IL... RRIT D'INSECTES ET DE PETITS... (TEXTE CACHÉ EN PARTIE PAR LE DESSIN).
RÉPONDS-MOI QUAND JE TE PARLE...
... MUTSUGORÔ.
*ムツゴロウ
九州・有明海
穴を掘って
FERME TON CLAPET !!
ESPÈCE D'IDIOT !
こんのバカー

BAM
BIDÔ MUTSUGORÔ
C'EST MINUSCULE !!
HA ! HA !
DITES ...
... VOUS VOULIEZ PAS ME L'AVOUER, EN FAIT ...
MAIS SI !
ET NON, EN MÊME TEMPS.
HA !
BIEN. JE VAIS CHERCHER UNE LOUPE.
C'EST DE LA TRICHE !
ÉCRIRE COMME ÇA AUSSI !
AH, VOUS
FAIS UN EFFORT, PLISSE LES YEUX !
C'EST IMPOSSIBLE À LIRE !
POURQUOI
TU N'AS PAS BESOIN DE CONNAÎTRE MON NOM !

C'EST VRAIMENT...
... LA PLUS BELLE DÉCLARATION D'AMOUR.
S'AVOUER SES SECRETS...
... ET SES SENTIMENTS ...
CE BONHEUR N'APPARTIENT QU'À NOUS DEUX.
BON...
... ALORS, CE PRÉNOM !
C'EST TOUT ?
...
TU VEUX VRAIMENT LIRE ÇA ?
BIEN SÛR !
MAINTENANT QUE VOUS AVEZ BIEN VOULU ME LE DIRE !
FFRT

C'ÉTAIT PAS MON...
... INTENTION...
... MAIS...
HA !
... S'IL LE FAISAIT...
... JE NE PROTESTERAIS PEUT-ÊTRE PAS.
...... QUOI ?
OH LÀ LÀ ! OH LÀ LÀ ! JE SUIS BÊÊÊTE !
KESSIYA ?
RIEN DU TOUT !
JE COMPRENDS QUE TU VEUILLES TOUT SAVOIR...
... ET JE VEUX QUE TU SACHES TOUT.
À MA GRANDE SURPRISE ...
C'EST LA PREMIÈRE FOIS QUE JE DIS MON PRÉNOM À QUELQU'UN.

PLEURER ET ME DIRE QUE TU VEUX TOUT SAVOIR DE MOI...
QUELLE PLUS BELLE DÉCLARATION D'AMOUR ?
SI ON ÉTAIT AILLEURS...
... JE TE RENVERSERAIS SUR-LE-CHAMP.
TUDUM
C'ÉTAIT PAS MON INTEN-TION...
JE SAIS.
C'EST POUR ÇA QUE JE ME RETIENS.

QUOI...
QU... QUOI ?!
MAIS POUR-QUOI L'ÉCRIRE ?
JE...
JE REFUSE DE LE PRONON-CER.
ALORS JE L'AI ÉCRIT.
JE TE CHERCHAIS POUR TE LE DONNER.
QUOI ?!
ALORS JE ME SUIS...
OUI !
OH LÀ LÀ...
PARDON ! PARDON D'AVOIR CRIÉ !
C'EST PAS GRAVE. JE SUIS HEU-REUX.

HA !
QU...
QU'EST-CE QU'IL Y A DE DRÔLE ?!
IDIOTE !
LAISSE-MOI PARLER !
CE PAPIER EST POUR TOI.
J'Y AI ÉCRIT MON NOM.

JE VEUX JUSTE...
... MIEUX VOUS CONNAÎTRE !
MÊME SI C'EST ÉGOÏSTE...
PARCE QUE...
... JE L'AIME.
JE VOUS AIME !
JE VEUX VOUS CONNAÎTRE...
JE NE SUPPORTE AUCUN SECRET ENTRE NOUS.
... MIEUX QUE QUICONQUE ! ET VOUS...

SNIF
SNIF
SNIF
ぎょ!
AH !
MAKOTO ...
ES...
ESPÈCE...
... D'IDIOT !
EUH...
POURQUOI LE CACHER ?!
JE...

はッ
C'EST...!
AH...
... ÇA...
UN SECRET SUR UN PAPIER ...
VOUS VOULEZ LE PROTÉ-GER...
... AU POINT DE L'ENTER-RER ?
NON...
... ÇA, C'EST...
C'EST À CE POINT-LÀ ?
VOUS REFUSEZ QUE JE SACHE...

APRÈS AVOIR FAIT L'AMOUR...
... J'AVAIS CRU QUE NOUS N'AVIONS PLUS DE SECRET L'UN POUR L'AUTRE.
AH...
... MAKOTO ...
... TE VOILÀ.
SHHT
MUTCHI-SENPAI...

AH ! QUELLE IDIOTE JE FAIS !
ME METTRE EN COMPÉTITION AVEC YÔ-SENPAI...
へたーり
AHHH
QUELLE HONTE !
J'AI AUCUNE CHANCE.
MAIS...
... AUTANT JE SUIS HEUREUSE D'AVOIR UN SECRET EN COMMUN AVEC CELUI QUE J'AIME ...
... AUTANT IL EST DIFFICILE DE SAVOIR QUE D'AUTRES CONNAISSENT LES SIENS.
AH...
LES SECRETS...
... IL Y EN A TANT...
KSH
JE ME DEMANDE S'ILS SONT TOUS HORRIBLES.
JE SUIS PEUT-ÊTRE ÉGOÏSTE.

BON, JE TE LE DIS ?
JE SAIS AUSSI PLEIN D'AUTRES CHOSES, TU N'AS QU'À DEMANDER. ♡
DES TRUCS MIGNONS ET D'AUTRES HONTEUX ...
NON... MERCI, JE VAIS ME DÉBROUILLER TOUTE SEULE.
MAKOTO ?
MAKOTO-CHAN ?
C'EST...
... VEXANT...
... TOUS CES GENS QUI CONNAISSENT MUTCHI-SENPAI MIEUX QUE MOI.
MÊME SI C'EST SON FRÈRE ...
... ÇA ME FAIT MAL.
...

資料室
*
...
J'AI PEUT-ÊTRE ÉTÉ UN PEU OPTIMISTE...
*BIBLIOTHÈQUE
POURQUOI C'EST AUSSI "MUTSU" SUR LES PAPIERS DU LYCÉE !?
WAAH !
PAS FACILE, HEIN !
AH HA HA
IL NE VEUT VRAIMENT PAS QUE ÇA SE SACHE.
ON CONNAÎT LE DIRECTEUR, ET IL L'A LAISSÉ MODIFIER SON INSCRIPTION.
SANS ÇA, IL NE SERAIT JAMAIS ALLÉ AU MÊME LYCÉE QUE MOI !
PFFF
AUCUN ÉLÈVE N'OSERA PARLER...
C'EST DINGUE...
UNE FOIS QUE JE CONNAÎTRAI SON PRÉNOM...
... NOUS N'AURONS PLUS DE SECRET L'UN POUR L'AUTRE !
À L'ATTAAA...
... QUE !!

JE SUIS LA SEULE À NE PAS LE SAVOIR ...!!
CE N'EST PAS MOI QUI LE LEUR AI DIT !
SHBAM
...
... TRÈS BIEN...
AH OUI ? PARFAIT. N'Y PENSE PLUS...
C'EST MOI QUI AI EU TORT DE NE PAS CHERCHER À SAVOIR.
JE VAIS TROUVER TOUTE SEULE !!
BYE !
AAAAAH ! NOOON ! ATTENDS !
MAIS POURQUOI TANT DE HAINE !!!
...
AAAAH...
JE DOIS FACILEMENT POUVOIR TROUVER ÇA.
QUEL MAN-QUEMENT À MES DEVOIRS DE PETITE AMIE !

C'EST VRAI !
AAAH !
JE NE CONNAIS TOUJOURS PAS SON PRÉNOM !
UN SECRET...!!
C'EST PAS IMPORTANT !
TU N'Y PENSAIS MÊME PLUS, ALORS CONTINUE COMME ÇA !
SI C'EST PAS IMPORTANT, DITES-LE-MOI.
JAMAIS !
MAIS POURQUOI ?!
TOUS LES AUTRES LE SAVENT BIEN !
HA !
JE SUIS SON FRÈRE, NORMAL !
ON SE CONNAÎT DEPUIS TOUJOURS.
NOUS NOUS CONNAISSONS DEPUIS UN AN.
EN TANT QUE PRÉSIDENT DU COMITÉ, JE SAIS AU MOINS ÇA.

LES SECRETS DE COUPLE SONT DE LOIN LES PLUS NOMBREUX.
INFIDÉLITÉS, RELATIONS PARALLÈLES...
POUR QUE PERSONNE NE SACHE QUE J'AI DEUX COPINES !
LE SOIR
PARDON POUR MON INF
C'EST...
C'EST TERRIBLE, NON ? AVOIR ENTRE AMOUREUX DES SECRETS QUE L'ON PRÉFÈRE ENTERRER...
C'EST PAS BIEN, HEIN MUTCHI-SENPAI ?!
TU AS RAISON.
HUM. TU DIS ÇA, MAIS...
... "MU-CHAN", C'EST MÊME PAS TON VRAI NOM !
GORÔ !
じゃあまわ!!
PAS UN MOT DE PLUS !
はッ
OH !
"PAS TON VRAI NOM"...

*JE L'AI FAIT AVEC

YAHOO !
IL FAUT LES METTRE À JOUR !!
WAH ! SUPER !!
MAIS C'EST CONFIDENTIEL !
ET ALORS ?
LE CLUB DE LA BEAUTÉ NE S'ENCOMBRE PAS DE SCRUPULES.
ALLEZ-Y ! CREUSEZ !
PETIT MAÎTRE DU CRIME.
JE CONNAIS DÉJÀ LES SECRETS DES AUTRES...
LE RESTE DU LYCÉE NE VOUS LE PARDONNERA JAMAIS.
UNE EXCUSE IMPARABLE POUR DISSOUDRE CE CLUB !
EN VOILÀ UN ! ALORS... "J'AI DÉTOURNÉ L'ARGENT DU CLUB..."
OH ! QUELQU'UN QUI DIT AIMER LE SM !
C'EST PAS GRAVE, ÇA, NON ?
AH HA HA !

... L'ENDROIT ÉTAIT DÉJÀ DÉSERT AVANT ÇA.
C'EST À CAUSE DE LA LÉGENDE.
LA LÉGENDE ?
OUI.
SI ON ÉCRIT UN SECRET SUR UN MORCEAU DE PAPIER ET QU'ON L'ENTERRE ICI...
... PERSONNE NE LE DÉCOUVRIRA JAMAIS !
DISCRÉTEMENT...
ON TROUVE DES LÉGENDES DANS TOUS LES LYCÉES, MAIS...
... ICI, TOUT LE MONDE Y CROIT ! ET ON APPELLE CE JARDIN "LA FORÊT DES SECRETS".
"LA FORÊT DES SECRETS" ? C'EST ROMANTIQUE...
TOUS CES SECRETS...
... ENTERRÉS LÀ...

EN AVANT LA BEAUTÉ !!
ET DONC...
... EN AVANT POUR DÉSHERBER LE JARDIN DU LYCÉE !
C'EST PAS À TOI D'EN DÉCIDER !
TU VEUX NOUS REFILER LE BOULOT DU COMITÉ !
JE NE VOIS PAS DE QUOI TU PARLES !
MAIS POURQUOI CE JARDIN A-T-IL L'AIR ABANDONNÉ ?
DEPUIS L'ANNÉE DERNIÈRE MU-CHAN OCCUPAIT LES LIEUX, ET IL CHASSAIT TOUT LE MONDE...
C'ÉTAIT ABANDONNÉ AVANT MOI !
C'EST POUR ÇA QUE JE M'Y SENS BIEN.
AH BON ?
JE NE M'INTÉRESSE PAS À LA NATURE...
CES TRUCS QUI VIVENT LEUR VIE TOUT SEULS...
... ÇA A L'AIR CHIANT.
C'EST VRAI QUE PERSONNE N'Y VIENT DEPUIS L'ANNÉE DERNIÈRE, MAIS...

DE MAGNIFIQUES LYCÉENS

JE VEUX BIEN SÛR PARLER DES ÉLÈVES DU LYCÉE DE MAKOTO. LA FOULE DES ÉLÈVES ANONYMES EST DESSINÉE PAR MES ASSISTANTES. SI VOUS REGARDEZ BIEN, VOUS VERREZ DES GENS TRÈS DIFFÉRENTS LES UNS DES AUTRES. CERTAINS SONT MÊME DES FIGURANTS RÉCURRENTS. ILS ONT PARFOIS UNE GRANDE VARIÉTÉ D'ACTIVITÉS, EN TOUTE DISCRÉTION. ET CEUX-LÀ...

... J'ADOOORE LES RECHERCHER !!

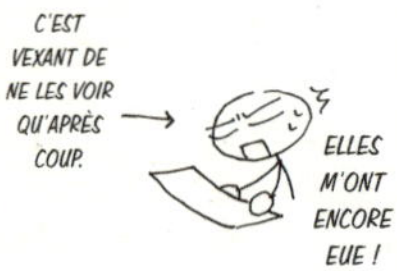

CE SONT DE PETITS BONHEURS DE DESSINATRICE. ^_^ SI VOUS EN REPÉREZ, TENEZ-MOI AU COURANT !

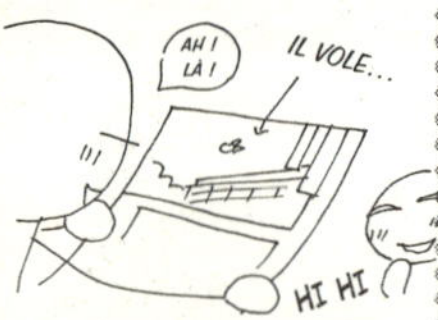

IL Y A AUSSI DES JEUX QUI NE DÉPASSENT PAS LE STADE DE CROQUIS.

ET PUIS...
... UN SECRET RIEN QU'À NOUS DEUX...
... QUEL BONHEUR !
CHOUETTE !
BREF...
... PASSONS...
ARRÊTEZ DE JOUER ET METTEZ-VOUS AU BOULOT !!
EH ?
EN PLEINE PARTIE DE POKER.
"EH ?" N'EST PAS UNE RÉPONSE !
J'AI FAIT L'EFFORT D'INTÉGRER VOTRE CLUB, ALORS MONTREZ-MOI VOS ACTIVITÉS !
SINON C'EST UNE HUMILIATION DE PLUS POUR MOI !

TIRONS-EN NOTRE PARTI, ET AMUSONS-NOUS !
D'ACCORD ?
... IL N'Y A PAS SI LONGTEMPS, JE TE FAISAIS PEUR ...
IL S'EST PASSÉ QUELQUE CHOSE QUI T'A DÉTENDUE, PAS VRAI ?
WAH !
QUOI ?!
HOP
RIEN DU TOUT !
ET MÊME SI C'ÉTAIT VRAI, C'EST PAS TES OIGNONS !
OH, QUEL LANGAGE.
YÔ-CHAN, TU LE LAISSES DIRE ?
HM ?
JE NE VOIS PAS LE PROBLÈME.
SI MU-CHAN LE DIT, ÇA ME VA.
MUTCHI-SENPAI...
... A DÉCIDÉ DE CACHER À YÔ-SENPAI CE QUE L'ON A FAIT ENSEMBLE.
C'EST PAS FACILE À CASER DANS LA CONVERSATION, NON PLUS...

J'AI CHERCHÉ DES IMAGES DU POISSON QUE L'ON NOMME "MUTSUGORÔ", ET J'AI ÉTÉ RAVIE DE VOIR À QUEL POINT IL PEUT ÊTRE GROTESQUE.

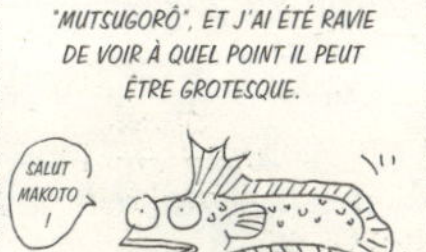

14 – VIVE LES CLUBS !

LES DÉBOIRES DE KAZAMA SONT PLUTÔT DRÔLES. ET LES ACTIVITÉS DU CLUB DE LA BEAUTÉ ASSEZ INHABITUELLES... À L'ORIGINE CE DEVAIT ÊTRE UNE ASSOCIATION SANS BUT PRÉCIS, À PART L'AMUSEMENT. MAIS DE VRAIES ACTIVITÉS, C'EST PAS MAL NON PLUS ! ET COMME LE PRÉSIDENT KAZAMA A DÉCIDÉ DE MÊLER LES ACTIVITÉS DU COMITÉ DES ÉLÈVES AVEC CELLES DU CLUB DE LA BEAUTÉ, IL Y A FORT À PARIER QUE LE CLUB VA ENCORE DEVOIR S'AFFAIRER. MAIS LE POURRA-T-IL ? IL Y A AUSSI LE PRÉNOM DE MU-CHAN. VOUS SAVEZ DÉJÀ QUE C'EST MUTSUGORÔ, MAIS SAVEZ-VOUS QU'IL A UNE SIGNIFICATION ? ON N'EN A PAS ENCORE PARLÉ DANS L'HISTOIRE. MAIS ÇA DEVRAIT VENIR... QUAND J'Y PENSERAI ! IL FAUT DIRE QUE JE SUIS ENCORE EN TRAIN DE LA DESSINER.

APRÈS AVOIR FRANCHI DE NOMBREUX OBSTA-CLES...
... MUTCHI-SENPAI ET MOI AVONS ENFIN FAIT L'AMOUR.
APRÈS ÇA, LE PRÉSIDENT DU COMITÉ A TENTÉ DE DISSOUDRE LE CLUB DE LA BEAUTÉ, POUR NOUS SÉPARER.
MAIS GRÂCE À YÔ-SENPAI ET AUX AUTRES MEMBRES, LE CLUB EST TOU-JOURS LÀ.
VIVE LES BÊTISES !
ET PUIS...
EN RECON-NAISSANCE DE MES TORTS...
... ET AFIN DE VOUS SURVEILLER, J'INTÈGRE LE CLUB DE LA BEAUTÉ.
JE M'APPELLE RENJI KAZAMA, ENCHANTÉ.

CETTE FOIS-CI, LA PETITE HISTOIRE À LA FIN DU VOLUME EST CONSACRÉE À KAZAMA. J'ENTENDS DÉJÀ LES PROTESTATIONS : "POURQUOI LUI ?!", MAIS C'EST COMME ÇA, DÉSOLÉE. VOUS Y RETROUVEREZ AUSSI LE VICE-PRÉSIDENT DU COMITÉ, MIDORI-CHAN.
MAIS VOUS NE LE REVERREZ PLUS ENSUITE. (^_^)
IL FAUT DIRE QU'IL NE PARLE QU'AU PRÉSIDENT KAZAMA, ET QUE CE DERNIER NE VA PLUS BEAUCOUP INTERVENIR NON PLUS. QUELLE EXISTENCE VAINE QUE CELLE DE MIDORI-CHAN...

CHERRY 14
LA FORÊT DES SECRETS

PEU M'IMPORTE LE CLUB...
... SI JE SUIS AVEC TOI.
"AUJOURD'HUI, DEMAIN, ET LES JOURS D'APRÈS..."
... RESTEZ AVEC MOI.
ET SINON ...
... KAZAMA MÉRITE UN CHÂTIMENT POUR S'ÊTRE ATTAQUÉ AU CLUB...
QUOI ?!
VOUS VERREZ LEQUEL AU PROCHAIN ÉPISODE !

VOILÀ.
ALORS, Ô GRAND PRÉSIDENT ? TU FAIS QUOI ?
HÉ HÉ
BON, J'AI COMPRIS !
J'ANNULE MA DÉCISION, ALORS ARRÊTEZ-LES !
★
...
C'EST DONC ÇA...
... "REGRETTER"...
IL FAUDRA QUE JE REMERCIE YÔ-SENPAI, CHARLY-SENPAI ET SHIZUKU-SENPAI !
ILS L'ONT FAIT PARCE QUE ÇA LES AMUSAIT...
... MAIS BON...
AH, MU-CHAN ! ALORS, COMMENT ÇA S'EST PASSÉ ?
IL A REGRETTÉ SES ACTES ?

COMMENT ?!
PRÉSIDENT !
FAITES QUELQUE CHOSE !!
OH HO HO HO
C'EST SI BEAU LE BLANC !
PEINTURE BLANCHE
WAH AH AH ! UN BAIN DE MOUSSE !
BLOB BLOB
BLOB
BLOB
ET VOILÀ !
MON. VENTRE.
MALÉDICTION GÉNÉRALE !
MA TÊTE...
TROIS ? EN MÊME TEMPS ? DE SI BON MATIN ?
EH BIEN ...
C'EST UNE CONSPIRA-TION !?
SEUL LE CLUB PEUT METTRE FIN À ÇA.
AH...
C'EST ÇA !
SI VOUS N'ANNULEZ PAS VOTRE DÉCISION...
... RIEN NE POURRA LES ARRÊTER !

OH... BONJOUR...
AMOUREUSE ET TIMIDE
SALUT...
VOUS ÉCOUTEZ CE QUE JE DIS ?!
VOUS ALLEZ ÊTRE PUNIS !
OH, LA FERME ! MÉFIE-TOI...
MOI, JE M'EN FICHE, HEIN...
... SI TU CONTINUES À M'ÉNERVER...
... TU NE T'EN RELÈVERAS PAS, TU SAIS ?
QU'EST-CE QUE ...
PRÉSIDENT !
C'EST TERRIBLE ! LE CLUB DE LA BEAUTÉ...
TROIS MEMBRES SONT EN TRAIN DE METTRE LE BAZAR CHACUN DE LEUR CÔTÉ !

TANT QUE TU NE TE METS PAS EN TRAVERS DE MON CHEMIN.
SENPAI !
QU'EST-CE QUE TU FAIS LÀ ?
LES MEMBRES DU CLUB N'ONT PAS LE DROIT...

ALORS TOUT ÇA, C'EST JUSTE POUR VOUS !!!
EXACT. JE DÉTESTE L'ESPRIT "BÉNÉVOLE".
QU'Y A-T-IL DE MAL À PENSER À SOI...
AH !
ガタ
BATAM
ÇA N'A RIEN DE MAL.
EH ?

POURQUOI DISSOUDRE LE CLUB ?!
C'EST ÉVIDENT. VOUS AVEZ CAUSÉ TROP DE PROBLÈMES JUSQU'À AUJOURD'HUI.
L'ÉTONNANT, C'EST QUE ÇA N'AIT PAS ÉTÉ FAIT AVANT.
HUM
C'EST ...
... C'EST VRAI, MAIS...
... NOUS INTERDIRE DE NOUS RÉUNIR...
C'EST EN RÉUNION QUE VOUS ÊTES DANGEREUX.
REGARDE HIER.
AH
SANS TOI, MU-CHAN NE M'AURAIT PAS FRAPPÉ.
SANS YÔ-CHAN...
... TU SERAIS DÉJÀ À MOI.

ANNONCE :
LE CLUB D'ÉTUDE DE LA BEAUTÉ EST DISSOUS À COMPTER DE CE JOUR.
TOUTE RÉUNION DES ANCIENS MEMBRES DE CE CLUB EST FORMELLEMENT BANNIE, QUELLE QU'EN SOIT LA RAISON.
SI DES INFRACTIONS À CETTE RÈGLE SONT CONSTATÉES, TOUS LES ANCIENS MEMBRES SERONT PUNIS.
LE XX/XX, LE COMITÉ DES ÉLÈVES.
LE CLUB EST...
... DISSOUS ?!
ET LES MEMBRES NE PEUVENT PAS SE VOIR...
MAIS C'EST STUPIDE !
JE SAVAIS QUE JE TE TROUVERAIS LÀ.
GRK
PRÉSIDENT ...!
DOMMAGE.
TU NE VERRAS PLUS MU-CHAN AU CLUB.

... IL ME MANQUE DÉJÀ.
C'EST SI LOIN, DEMAIN...
TU AS ENTENDU ?
BLA
ザク
... DU CLUB DE LA BEAUTÉ ?
BLA
ザク
C'EST VRAI ?
QUOI ?
QU'EST-CE QUE...

POM
コッ
DEMAIN, APRÈS-DEMAIN...
... ET LES JOURS D'APRÈS...
NE T'INQUIÈTE PAS. JE NE LAISSERAI PERSONNE NOUS SÉ-PARER.
D'ACCORD...
BON...
... À DEMAIN !
TOU-JOURS ENSEM-BLE...
ON VIENT À PEINE DE SE QUIT-TER, ET POUR-TANT...
KRR

BON...
JE VAIS RENTRER CHEZ MOI.
OUI...
...
COUIIC
... JE NE VEUX PAS PARTIR...
MAKOTO ...
JE SAIS. DÉSOLÉE.
À DEMAIN.
GRIP
ON SE VOIT...
... DEMAIN, HEIN ?
HÉ
ÉVIDEMMENT !

IL EN A MIS DU TEMPS...
... POUR PORTER SES FRUITS, MON PREMIER AMOUR !
POF
IDIOTE.
SI TU DIS DES CHOSES PAREIL-LES...
... JE NE VAIS PAS POUVOIR TE LAISSER PARTIR.
... MOI NON PLUS...

*TAKEBAYASHI.

AH HA あは
ET PUIS SI JE DÉCOUCHAIS...
... MA FAMILLE ME CHERCHERAIT PARTOUT EN PLEURANT À CHAUDES LARMES. ET SI ELLE ME TROUVAIT À L'HÔTEL...
QUEL GENRE DE FAMILLE ...?
NE VOUS INQUIÉTEZ PAS.
"À CHAUDES LARMES" ?
OH はっ
QUOI ?
NORMALE ! TRÈS NORMALE !
ET VOUS, SI VOUS PASSIEZ LA NUIT DEHORS...
... YÔ-SENPAI DIRAIT BIEN QUELQUE CHOSE ?
AH...
... ÇA...
S'IL SAIT QU'ON L'A PASSÉE ENSEMBLE, SÛR, IL DIRAIT QUELQUE CHOSE !
QUELLE HORREUR ...
C'EST VRAI...
ALORS, VOUS ÊTES ALLÉS OÙ ?
VOUS AVEZ FAIT QUOI ? DIS TOUT À TON FRÈRE !
MAIS IL NE S'INQUIÉTERAIT PAS.
SANS ALLER JUSQUE-LÀ...
... JE NE VEUX PAS QU'IL SE RENDE COMPTE...
IL A ENCORE UN FAIBLE...
IL PLAISANTE !
QUOI ? NOON !
IL N'EST PAS SÉRIEUX, HEIN ?!

TU TE SENS…
OUI !
TOUT VA TRÈS BIEN.
J'HABITE ICI. MERCI DE M'AVOIR RACCOMPAGNÉE.
AH… JE NE SAIS PLUS OÙ ME METTRE.
ON MARCHE DANS LA RUE COMME SI DE RIEN N'ÉTAIT, ALORS QUE…
IL M'A VUE TOUTE NUE…
ドキドキドキ
TUDUM TUDUM
OH…
… J'AI TROP HONTE !
PON
JE SUIS DÉSOLÉ…
QUOI ?!
JE T'AI FORCÉ LA MAIN…
J'AURAIS PRÉFÉRÉ QU'ON PASSE LA NUIT ENSEMBLE…
ON A DÛ FAIRE VITE…
OH…
IL EST…
… SI GENTIL…
SENPAI…
… JE VAIS BIEN.

LA BELLE VIE DE MICHELLE
AH HA HA HA
BONJOUR, JE SUIS MICHELLE.
AUJOURD'HUI ENCORE, JE VAIS VOUS PARLER DE MON MAGNIFIQUE TRAVAIL.
PERSONNE NE DIRA À QUEL POINT SON VISAGE CHANGE À CHAQUE FOIS QUE JE LA DESSINE.
AU TRAVAIL, C'EST MOI LA CHEF !
ET BIEN SÛR, TOUT CE QUE JE FAIS EST PARFAIT.
SALISSURE.
ARRIÈRE 61.
DÉSOLÉE, C'EST 611.
CONSIGNE ERRONÉE.
JE T'IAME.
FAUTE D'ORTHO-GRAPHE.
TUDUM
FROISSÉ...
CROQUIS JETÉ PAR ERREUR.
TOUT EST VRAI.
PA...
PARFOIS IL ARRIVE QUE...
NON. TOUJOURS

ON VA LE LUI FAIRE REGRETTER...
... À CET IDIOT.
MAKOTO...
... TU VAS BIEN ?

AH, ÇA...
MAIS JE NE VEUX QUE SON BONHEUR.
MAIS...
... ET LE PRÉSIDENT KAZAMA ?
IL VA S'EN PRENDRE AU CLUB MAINTENANT.
C'EST TERRIBLE. HEUREUSEMENT QUE NOUS L'AVONS APPRIS AVANT...
... QU'IL NE METTE À EXÉCUTION SON IGNOBLE PLAN !
HUM...
ET L'ESPIONNAGE ÉLECTRONIQUE, EST-CE HAUTEMENT VERTUEUX ?
ON ENTEND BIEN.
HEUREUSEMENT QUE LA PRUDENCE PAYE !
SI LE DRÔLE NOUS DÉFIE, C'EST AVEC JOIE QUE JE RELÈVERAI LE GANT !
WÉÉ ! ♥
HU HU HU !
JE SAVAIS QUE JE POUVAIS TE FAIRE CONFIANCE !
C'EST ÇA, LE CLUB DE LA BEAUTÉ !
QUEL IMBÉCILE, CE KAZAMA.
IL AURAIT MIEUX FAIT D'ABANDONNER APRÈS S'ÊTRE FAIT CASSER LA FIGURE.

AH...
... CHARLY EST AVEC TOI ?
CERTES. QUID ?
S'AGIT-IL DE L'INCONVENANCE DE KAZAMA ENVERS DEMOISELLE MAKOTO ?
OUI. QUEL SALE TYPE.
MU-CHAN A CORRIGÉ LE MARAUD.
MAIS OÙ EST-IL ? ET DEMOISELLE MAKOTO ?
ILS ONT DÛ RENTRER ENSEMBLE.
QU'EST-CE À DIRE ?
UHU !
IL A CASSÉ LA FIGURE DU PRÉSIDENT, ET JE NE LES AI PAS REVUS.
ILS ONT DÛ PARTIR, PORTÉS PAR L'ENTHOUSIASME !
...
DIS...
... YÔ-CHAN...
... MAKOTO, TU L'AIMES, NON ?

JE N'AURAIS JAMAIS CRU…
… À UNE TELLE PLÉNITUDE …
美術準備室*
*SALLE D'ARTS - ANNEXE
QU'EST-CE QUE TU FAIS ?

JE T'AIME.

QU'ELLE EST DOUCE...
... CETTE CHALEUR.

AH !
...!!
NN...
ATTEN...
AÏE.
J'AI MAL.
MAKOTO...
MAKOTO...
ET POUR-TANT...

NOS PEAUX MOI-TES...
... SE FRÔLENT...
... MAIS JE NE LE SENS PAS.
HA...
は...
AH...
ドキ
TUDUM
MAKOTO...
... JE T'AIME.
KRR
COMME MOI...
... IL EST AUSSI...
... BRÛ-LANT QUE MOI.

CE N'EST PAS VRAI.
J'AI L'IMPRESSION...
JE...
NN...
...QU'IL ME FORCE LA MAIN.
HAAA...
はあ…

DÉSOLÉ, C'EST PAS L'IDÉAL.
DU
DUM
"PAS L'IDÉAL"...
... "J'EN PEUX PLUS"...
TOUT ÇA...

TANT MIEUX.
PAF
EH ?!
IL FAIT NOIR ...
QUAND ON SE REGARDE COMME ÇA...
... JE SENS QUE...
SENP...
C'EST BON, NE DIS RIEN.
LÀ, JE N'EN PEUX PLUS.

ET TU NE VERRAIS PAS SI JE DÉTAILLE TEL OU TEL ENDROIT...
HA !!
WAH !! NON !!
ALORS REGARDE-MOI !

WAH ! WAH ! WAH !
ぎゅ
GNNNNN
CETTE FOIS C'EST VRAI ? ON VA LE FAIRE !!
REGARDE-MOI UN PEU...
NON, JE VEUX PAS ! J'AI TROP HONTE POUR ÇA !
もう死にます!!
JE VAIS MOURIR DE HONTE !!
HIIIN
... MAKOTO...
ひーん
J'AURAIS MIEUX FAIT DE NE PAS GUÉRIR DE MA PHOBIE !
COMME ÇA JE N'AURAIS PAS EU À VOUS REGARDER !
EUH... OUI...

C'EST LA PREMIÈRE FOIS QUE JE DESSINE UNE SCÈNE "HOT".

13 – RÉJOUIS-TOI, MU-CHAN !!

EN FAIT, IL SEMBLE ÊTRE ASSEZ HEUREUX SANS QU'ON AIT BESOIN DE LUI DIRE ÇA. C'EST VRAI QU'À L'ORIGINE, IL ÉTAIT CENSÉ AVOIR UN LOURD PASSÉ DE COUREUR, MAIS... CETTE FOIS, IL Y A L'IMPACT DE LEURS TÊTE-À-TÊTE ENFLAMMÉS, ET L'INTERVENTION DE KAZAMA... (^_^) PERSONNELLEMENT, J'AIME ASSEZ LA FAÇON DONT KAZAMA APPELLE "YÔ-CHAN" OU "MU-CHAN", COMME S'ILS ÉTAIENT AMIS D'ENFANCE. MAIS, BON, JE SUPPOSE QUE PERSONNE D'AUTRE NE FAIT ATTENTION À CE GENRE DE DÉTAILS. D'AILLEURS JE PENSE QUE VOUS NE L'AIMEZ PAS DU TOUT. MAIS VOUS SAVEZ, IL N'EN A PAS L'AIR, MAIS C'EST UN BON GARÇON. C'EST UN MANIPULATEUR, ET POURTANT IL EST DESTINÉ À PERDRE. DOMMAGE ?

CHERRY 13

DES LENDEMAINS QUI CHANTENT

JE T'AIME...
... MAKOTO.
JE L'AIME TANT...
JE NE VEUX PLUS
... LE QUITTER. JAMAIS.

JE... JE... EUH...
JE SUIS MAL À L'AISE...
NE T'INQUIÈTE PAS.

MAIS CE N'EST PAS EUX...
... QUI VONT ME FAIRE PEUR.
ET DONC, MIDORI-CHAN...
"VICE-PRÉSIDENT".
... "VICE-PRÉSIDENT", RÉUNIS IMMÉDIATEMENT LE COMITÉ.
JE VAIS ÉCRASER LE CLUB DE LA BEAUTÉ...
... ET EN SÉPARER LES MEMBRES.
KRR

AÏE...
TU VAS VOIR, MUTSU BIDÔ...
C'EST BIEN FAIT POUR TOI, PRÉSIDENT.
TU ÉTAIS LÀ...
AH, MIDORI-CHAN !
APPELLE-MOI "VICE-PRÉSIDENT".
OUI, J'ÉTAIS LÀ.
ÇA T'A SERVI DE LEÇON ?
ET PUIS QUOI ENCORE !?
QUAND J'AI ENVIE DE QUELQUE CHOSE...
... JE L'OBTIENS TOUJOURS.
グイ
HUM
MAIS ELLE EST PROTÉGÉE PAR SON CLUB.
EN PARLANT DU LOUP...
C'EST VRAI.

JE VOUDRAIS ÊTRE ...
... PRÈS DE LUI...
... EN LUI...
C'EST FICHU...
... JE NE PEUX PLUS TE LÂCHER.
... ET NE PLUS FAIRE QU'UN.

JE POURRAIS LE LUI DIRE UN MILLION DE FOIS, ÇA NE SUFFIRAIT PAS.
MAKO...
JE VOUS AIME TELLEMENT...
LES MOTS NE SUFFISENT PAS.
ALORS...
... JE VEUX ÊTRE À VOUS.
MON CŒUR VA FONDRE...

JE VOUS AIME.

ALORS...
... JE T'EN PRIE, SOIS PRUDENTE.
C'EST UN TEL BONHEUR...
... DE L'ENTENDRE PARLER COMME ÇA !
MOI AUSSI JE L'AIME.
COMMENT TOUT LUI FAIRE COMPRENDRE ?
JE VOUDRAIS LUI RÉPONDRE...
... JE VOUDRAIS LUI FAIRE COMPRENDRE...
... SEN ... ... PAI.
MURMURE...
... TOUT LUI DIRE, SANS RÉSERVE...
GRAP
BON, JE TE RACCOMPAGNE...
... ALLONS...
QUOI ?

TU ES...
... TOUTE MIGNONNE QUAND TU PLEURES...
... J'AI DU MAL À TENIR, MOI !

HÉ !
PLEURE PAS !
MAIS...
MAIS...
... JE SUIS SI SOULAGÉE ...
"JE T'AIME"...
... CES QUELQUES MOTS SONT UN TEL BONHEUR...
DIS...
... ARRÊTE MAINTENANT...
PFU...
HUM...
AH...
DONC !
POUR FAIRE BREF, JE SUIS UNE BRUTE JALOUSE !
AH.
EH.
VOILÀ !

... JUSTE UN MOT...
QUOI QU'IL ARRIVE...
... JE T'AIME.
... IDIOTE.

JE ME DIS QUE...
... J'AURAIS DÛ LE FAIRE IL Y A LONGTEMPS !
GAH
AH, PARDONNE-MOI ! JE SUIS LA PIRE DES BRUTES !
DÉSESPOIR
...
... EUH...
ALORS MÊME SI UN AUTRE M'A TOUCHÉE...
... ET SOUILLÉE...
... EST-CE QUE...
... VOUS VOULEZ ENCORE DE MOI ?
JE VOUS EN PRIE...
... RÉPONDEZ-MOI...

... QUE JE VAIS MOURIR DE JALOUSIE !
SENPAI...
EST-CE QUE...
AH, ET MERDE...!
JE NE SAIS PLUS QUE PENSER !
J'AI ENVIE DE T'ENFERMER ET DE NE LAISSER PERSONNE T'APPROCHER !

JE T'AI DIT...
... QUE J'ÉTAIS ÉGOÏSTE.
TUDUM
JE NE LUI PARDONNERAI JAMAIS SON GESTE.
... MAIS...
... JE ME DEMANDE...
... CE QU'IL T'A FAIT, EXACTEMENT...
... ET QUAND J'Y PENSE...
TUDUM
... J'AI L'IMPRESSION...
TUDUM

MAIS ALORS IL N'EST PAS…
… FÂCHÉ CONTRE MOI ?
スタスタスタ
TAP TAP TAP TAP
EEEH !?
ATTEN-DEZ…
LAISSE-MOI TRANQUILLE !!
POUR-QU…
MAIS…
S'IL A FRAPPÉ LE PRÉSI-DENT…
ET CE QU'IL LUI A DIT…

CEUX QUI LUI FONT DU MAL...
... AURONT AFFAIRE À MOI ! COMPRIS ?!
SENPAI...!
AH !

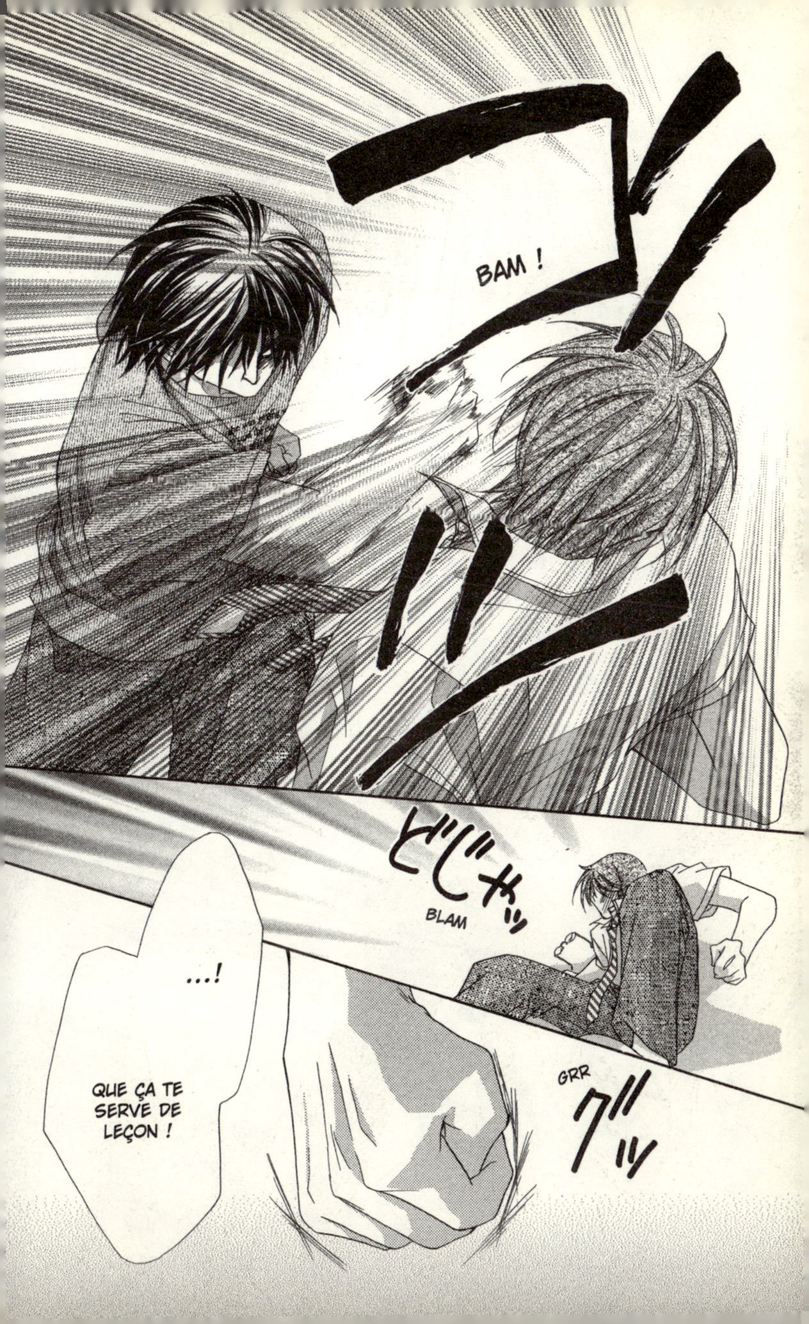
BAM !
BLAM
...!
GRR
QUE ÇA TE SERVE DE LEÇON !

UNE COLÈRE DE MU-CHAN !

SINON...
... À CAUSE DE QUOI ?
AH !
MONSIEUR LE PRÉSIDENT SORT À POINT NOMMÉ !
J'AI UNE BONNE VUE D'ICI.
ET PUIS ÇA FAISAIT LONGTEMPS ...
... QUE JE N'AVAIS PAS VU ÇA !

MONOTONIE DU TEMPS QUI PASSE.

EN CE MOMENT JE N'AI RIEN À DIRE. C'EST BIEN EMBÊTANT. ALORS JE VAIS VOUS RACONTER MON QUOTIDIEN.

CES DERNIERS TEMPS (ENFIN, ÇA FAIT UN AN MAINTENANT), JE LIS BEAUCOUP. DES ROMANS. JE COMMENCE À LIRE UN PEU EN PRENANT MON DÉJEUNER, ET JE ME LAISSE ENTRAÎNER SANS PARVENIR À REPOSER MON LIVRE. (C'EST PAS BIEN !) JE NE LIS PAS N'IMPORTE QUOI, JE PRÉFÈRE SUIVRE UN AUTEUR QUE J'APPRÉCIE PARTICULIÈREMENT. AU DÉBUT JE ME CONCENTRAIS UNIQUEMENT SUR DES HISTOIRES COURTES, MAIS JE M'INTÉRESSE DE PLUS EN PLUS AUX RÉCITS LONGS, ET MAINTENANT JE DÉVORE DE VRAIS PAVÉS ! (^_^)

JE NE FAIS QUE LIRE ? NON, JE RÉAMÉNAGE AUSSI MON APPARTEMENT ! JE VEUX ME CRÉER UNE PIÈCE DANS LAQUELLE LIRE, AFFALÉE DANS UN CANAPÉ ! C'EST PAS ENCORE FINI...

HUM ?
QU'EST-CE QUE TU ATTENDS ?
COURS-LUI APRÈS !
... POURQUOI LUI AVOIR DIT ?
VOUS M'AVIEZ PROMIS...
AH ! AH ! AH !
JE NE T'AI RIEN PROMIS DU TOUT !
YÔ-SENPAI...
J'AI DIT QUE JE NE FERAIS RIEN...
... "CONTRE TOI".
EH ?
ALLEZ, COURS-LUI APRÈS !
MAIS NE LE RATTRAPE PAS !
RESTE DISCRÈTE, EN RETRAIT.
ET TU VERRAS UN *TRUC* BIEN.

HUM ?
QUELQUE CHOSE NE VA PAS ?
BIZARRE...
変...
BON, JE VIENS DE ME SOUVENIR QUE J'AI UNE CHOSE URGENTE À FAIRE.
EH ?!
JE VOUS DEMANDE DE M'EXCUSER.
CLACK
FSHHH
"M'EXCUSER" ?!
EH ?
MAIS QU'EST-CE...
IL NE S'EST PAS FÂCHÉ, MAIS...
... IL NE S'EST MÊME PAS INQUIÉTÉ
ÇA Y EST ? IL NE VEUT PLUS DE MOI ?

IL M'EN VEUT, J'EN ÉTAIS SÛRE !
JE SUIS DÉSOLÉE !
GRAND SOURIRE
EH.
SI TU N'AS RIEN, TOUT VA BIEN.
SOYONS RECONNAIS-SANTS À YÔ.
SOYEZ RECONNAIS-SANTS !
EUH...
MUTCHI-SENPAI ?

GNI ?
JE L'AI SAUVÉE DES GRIFFES DE KAZAMA !
C'EST BIEN...
... HEIN !!
GNI GNI
ELLE ÉTAIT ALLÉE LUI RENDRE SON PARAPLUIE, TU VOIS ?
ET LUI, EN FAIT, C'EST UN SALE TYPE...
GNI ?
... DU GENRE À PRENDRE TOUT CE DONT IL A ENVIE...
MAIS...
YÔ-SENPAI !
...
"LES GRIFFES DE KAZAMA" ?
GAH !
RIEN DE GRAVE !
ET PUIS YÔ-SENPAI EST ARRIVÉ AU BON MOMENT, ET...

CALME-TOI, TOUT VA BIEN SE PASSER.
BON, ALLONS-Y !
ほ
HUM
JE N'AIME PAS CACHER DES CHOSES À MUTCHI-SENPAI, MAIS...
*SALLE D'ARTS - ANNEXE
*美術準備室
... S'IL DOIT M'EN VOULOIR POUR ÇA...
MAKOTO...
... OÙ ÉTAIS-TU PASSÉE ?
VOUS ÉTIEZ ENSEMBLE ? POURQUOI ?
EH BIEN...

IL NE S'EST... RIEN PASSÉ...
... ET J'AI EU TORT DE VENIR ICI SEULE...
ÇA, C'EST SÛR...
... IL RISQUE DE SE FÂCHER...
IL VA SE FÂCHER, OUI...
... ET ENSUITE...
"... IL N'EN VEUT PLUS !"
HMM
POF
NE T'INQUIÈTE PAS !
JE NE FERAI RIEN CONTRE TOI.

... TU VAS LE REGRETTER.
CLAC
BON, MAKOTO, TU VAS BIEN ?
RETOURNONS AU LOCAL DU CLUB.
RÉCUPÉRER NOS SACS.
YÔ-SENPAI, MERCI...
MAIS, EUH...
... NE DITES RIEN À MUTCHI-SENPAI !

J'AI PAR HASARD VU MA PETITE MAKOTO ENTRER ICI...
... À LA LONGUE-VUE.
SALE VOYEUR !!
JE N'AI PAS DE LEÇONS À RECEVOIR D'UN TYPE QUI S'IMPOSE AUX JEUNES FILLES.
すいっ
VIENS
VRAIMENT, EST-CE DIGNE D'UN PRÉSIDENT AUSSI POPULAIRE ?
クス
HU HU
NE T'INQUIÈTE PAS POUR MOI.
QUI PRÉFÉRERAIT TE CROIRE, YÔ BIDÔ ?
PAR ÉGARD POUR MAKOTO, JE NE DIRAI RIEN.
MAIS...

MAIS SI YÔ-CHAN VENAIT À PASSER PAR LÀ...♡
BAM !
YÔ-SENPAI...
QU'EST-CE QUE TU FOUS LÀ...
OH !
TU ÉCOUTAIS À LA PORTE ?
QUELLE MAUVAISE OPINION TU AS DE MOI !

AH !
!!
NON...
ÇA ME DÉGOÛTE ...!
À L'AIDE...
MUTCHI-SENPA..
C'EST INUTILE.
C'EST TOI QUI ES VENUE EN CACHETTE DE MU-CHAN.
IL NE SAIT PAS QUE TU ES ICI.
IL NE VIENDRA PAS.

CASSÉES, LES LUNETTES DE KAZAMA. C'ÉTAIENT MES PRÉFÉRÉES.

MAIS JE NE SAIS PAS DESSINER LES LUNETTES... ^_^ ; C'EST MON ASSISTANTE QUI S'EN CHARGE !

J'AI ESSAYÉ, ET ÇA DONNE CETTE PAIRE TOUTE TORDUE.

12 – LES COLÈRES DE MU-CHAN.

À LA FIN DU DERNIER VOLUME, MUTSU S'EST BIEN CALMÉ. ALORS, C'EST FINI ? HUM, PAS VRAIMENT... MAKOTO L'AIDE BIEN, C'EST SÛR, MAIS CE VOLUME 3 EST CELUI DES EXPLOSIONS ! AVEZ-VOUS LA MOINDRE IDÉE DU BONHEUR QUE J'AI À DESSINER CE VISAGE COURROUCÉ ? OUI, JE VEUX PARLER DE LA PAGE 19, BIEN SÛR ! (MAIS TOUT LE MONDE ME DIT QU'IL FAIT PEUR.) C'EST LA DEUXIÈME GROSSE COLÈRE DE SA VIE. QU'EST-CE QUI L'A MIS DANS CET ÉTAT ? EH BIEN, COMME YÔ A TOUT VU, CE N'EST PAS LA PEINE DE LE DIRE. MUTCHI FAIT PEUT-ÊTRE UNE FIXATION SUR SON FRÈRE, MAIS C'EST PAS UN MOU !

SI JE TE PRENDS AVANT LUI...
... TOUT SERA TERMINÉ ENTRE VOUS...
... EN UN CLIN D'ŒIL.
MAKOTO...
CHTIN
TU SAIS...
... C'EST SI SIMPLE, UN GARÇON.

BONJOUR À TOUS ! C'EST ODA !

VOICI LE TROISIÈME VOLUME. HOURRA ! IL CONTIENT EN OUTRE UNE HISTOIRE COURTE ET UN PETIT "SPIN-OFF" CENTRÉ SUR KAZAMA, CE QUI FAIT QUE LA PARTIE CONCERNANT NOTRE INTRIGUE PRINCIPALE EST UN PEU MOINS LONGUE QUE DE COUTUME. DÉSOLÉE ! MAIS, BON, CETTE FOIS IL Y A, EN AJOUT, UNE HISTOIRE SUPER ROMANTIQUE !

↑ DONC PARDONNEZ-MOI…

HUM… EST-CE QUE SEULE L'HISTOIRE PRINCIPALE VOUS INTÉRESSE ? C'EST BIEN POSSIBLE… MAIS J'AIMERAIS TANT QUE VOUS APPRÉCIIEZ AUSSI CES DEUX HISTOIRES COURTES… SANS PARLER DE MES PETITS MOTS !! (^_^) (J'AI TENDANCE À EN METTRE PLUS DANS LES PETITES HISTOIRES.) BREF ! PROFITEZ BIEN DE CE TROISIÈME VOLUME DE "BEAUTY !!", DU DÉBUT JUSQU'À LA FIN DE LA DERNIÈRE HISTOIRE ! ♡

CHERRY 12
COLLÉS SERRÉS

SOMMAIRE

Yô BIDÔ
Président du Club de la Beauté – Frère aîné de Mutsu – Beau, mais franchement bizarre.

Makoto TAKEBAYASHI
Nouvelle élève – Jolie et naïve – Ne supporte pas la beauté…

Mutsu BIDÔ
2ème année – Membre du Club de la Beauté – Beau, mais barbare.

INTRODUCTION

Makoto est une jolie fille : tout le monde se retourne sur son passage. Mais elle n'a pas conscience de son charme et reste très "nature". Elle ne supporte pas la beauté, et la simple vue du visage d'un joli garçon lui donne la nausée. Pourtant, dès son premier jour au lycée, le destin met sur son chemin deux très beaux élèves : l'étrange **Yô** et le violent **Mutsu**. Et la voici forcée d'intégrer le Club de la Beauté, présidé par Yô et dédié à la recherche de la beauté intérieure… Makoto tombe rapidement amoureuse de Mutsu. Elle finit par lui avouer ses sentiments et parvient à guérir de sa phobie des beaux garçons. L'amour lui tend les bras !

❤ Mais alors que le second semestre commence, le président du comité des nouveaux élèves, **Kazama**, se présente à tout le lycée : Makoto reconnaît avec stupeur le garçon rencontré lors de son premier rendez-vous avec Mutsu, et qui les avait empêchés d'aller au love hotel. Kazama aussi s'intéresse beaucoup à elle. Après l'avoir attirée dans la salle du comité, il tente d'abuser d'elle !

Aya Oda
3
beauty